Justicia poética

Mamen Monsoriu

Justicia poética

ESPASA

Espasa, sello editorial de Editorial Planeta, S.A.
Avda. Diagonal, 662-664
08034 Barcelona

Primera edición: abril de 2024
Segunda edición: mayo de 2024

Preimpresión: MT Color & Diseño, S. L.

Depósito legal: B. 5.521-2024
ISBN: 978-84-670-7271-6

Espasa, en su deseo de mejorar sus publicaciones, agradecerá cualquier sugerencia que los lectores hagan al departamento editorial por correo electrónico: sugerencias@espasa.es

www.espasa.com
www.planetadelibros.com

Impresión: Unigraf, S. L.
Impreso en España-Printed in Spain

Para Irene, por el tiempo que dejé de estar contigo
para escribir esta historia

La ficción no es una mentira, es simplemente otra forma de acceder a la realidad.

LEILA SLIMANI

Mis admiradores creen que me he curado, pero no; solo me he hecho poeta.

ANNE SEXTON

El chorro de sangre es poesía, no hay modo de frenarlo.

SYLVIA PLATH

Viudo/a es la palabra que se emplea para nombrar a la persona que ha perdido a su cónyuge. Huérfano/a es el término utilizado para referirse al hijo que ha perdido a su padre o a su madre. Sin embargo, no existe en el diccionario una palabra para designar a aquel sujeto que ha sufrido la pérdida de un hijo. Como decía Guadalupe Nettel en *La hija única:* no se puede nombrar lo innombrable.

En hebreo hay una palabra que se aproxima a esta sensación: *shakul/a.* Se refiere al árbol al que le han extraído un fruto originando una separación irreversible, pues, por más que se intente, el fruto no podrá volver a su sitio. Se dice entonces que el árbol queda desprovisto de su esencia para siempre.

Han pasado tres meses desde que recibí la llamada telefónica que me cambiaría la vida. Tres meses desde aquel 3 de octubre de 2023 en que el jurado se reunió para fallar el Premio Nacional de Poesía Joven y me declaró ganadora. Tres meses desde que la vida se ha convertido en un sueño del que no quiero despertar. Fui galardonada por mi quinto poemario, *Madrid*, publicado a finales de 2022, en el que yo me había desnudado como nunca antes. No puedo explicar lo que sentí al atesorar la recompensa de tantos años de incertidumbre, introspección y mejora. Uno siempre escribe para ese momento, incluso cuando lo hace para sí mismo.

Al darme la noticia, me comunicaron que habían decidido celebrar un acto público para la concesión del premio el 5 de noviembre en Madrid. Asistí acompañada de mi familia y de algunos grandes amigos. Ahí me reencontré con Biel y, sin saber muy bien por qué, accedí a celebrarlo esa noche con él. Supongo que allí donde la situación escapa a nuestro control, buscamos la manera de sentirnos en casa. Además, de alguna manera, el premio también era un poco suyo.

Me llevó a tomar una copa al restaurante de un hotel precioso cerca de Chamberí, donde la decoración se asemejaba a la de una biblioteca. Con la emoción del premio, descorchamos una botella de vino a la que le siguieron varios cócteles —especialidad de la casa— y algún que otro «sincericidio». Voluntariamente, nos dejamos llevar años atrás, y nuestros labios se fundieron como si nunca, o como si siempre. Culminamos la noche durmiendo en ese hotel. Hicimos el amor como si el mañana no fuese más que el destello del hoy.

Semanas después, la sorpresa me pillaba para no soltarme cuando mi libro me saludaba desde el escaparate de cualquier librería por la que pasaba. Lucía la faja granate que rezaba el reconocimiento recibido: Raquel Ortiz / Premio Nacional de Poesía Joven 2023. Nunca imaginé que un poemario pudiera tener tanta presencia en las librerías. Solo de pensarlo se me encogía el alma: todas las veces eran la primera, no podía evitar entrar para fotografiarme con él, saludar a los libreros y, de paso, adquirir algunas recomendaciones lectoras y dejar libros firmados.

«Pero, sin duda, el mejor regalo ha sido sentir de cerca la alegría de los míos, que lo han celebrado como una victoria propia: Clara quiere ponerle mi nombre a su próxima hija, Biel está más raro que nunca —cuando digo raro quiero decir romántico—; incluso los pacientes me han sorprendido con regalos. Miguel me choca la mano en las comidas familiares. Puedo leer el orgullo en los ojos de mamá, hasta ella parece estar contenta», le he escrito a mi padre en el diario que compartimos.

Mi editora y yo hemos estado preparando una gira primaveral por todo lo alto: *Madrid on tour*. Una campaña de promoción que recorre miles de kilómetros en muy pocos meses, con el objetivo de llevar la poesía a todas partes. ¡Y eso no es todo! En verano visitaremos Latinoamérica, concretamente México, Colombia y Ecuador. Tenemos concertadas ya varias presentaciones en diferentes ciudades y encuentros con lectores que no me pueden hacer más ilusión.

Hasta ayer todo eran buenas noticias: el número de lectores crecía, los medios habían tardado poco en hacerse eco del éxito y me habían llenado la agenda de eventos y entrevistas, la editorial me había comunicado que había interés por parte de algunas editoriales extranjeras en traducir el poemario a varios idiomas... Los indicios apuntaban a que me encontraba en mi mejor momento.

Hoy he escuchado algo que ha terminado con mi paz y me ha cambiado la vida. No era el chasquido de un objeto delicado al caer, ni el pitido de la alarma interrumpiendo atrozmente el sueño, no. No era el estruendo de una lavadora vieja, ni la sirena de una ambulancia abriéndose paso a ciento cincuenta kilómetros por hora, ni el frenazo desesperado de un coche sorteando la colisión. Sonaba más fuerte y más adentro que todo eso.

Era el latido de un bebé.

Primera parte: A. A.

1

POETA

Tres meses antes

Me llamo Raquel Ortiz, aunque todo el mundo me conoce como Rey. Vivo en Valencia y tengo veintinueve años. Actualmente ejerzo como psicóloga en el Hospital Clínico Universitario de Valencia y me atrevería a decir que soy feliz en mi trabajo, aunque una parte de mí quisiera haberse dedicado a ser poeta ambulante. En el hospital somos muchos los que tenemos una profesión frustrada, aunque pocos se atrevan a decirlo en alto. Si hubiera nacido en otra época —tal vez en el siglo XIII—, estoy segura de que formaría parte del colectivo juglaresco que recorría las calles y los corazones de arriba abajo recitando poemas. De momento, me conformo con escribir y publicar libros de tanto en tanto. Ya son cinco los que tengo editados, y quién me iba a decir que sería el quinto, precisamente el quinto, el que me daría tantas alegrías.

Supe que quería ser poeta cuando rozaba los once años. Jugaba a cantar a todo pulmón en SingStar cambiando las letras a mi antojo hasta inventar la estrofa que le hiciese justicia a mi momento vital. A la mayoría de mis amigos esto los molestaba, pero a Clara no, Clara decía: «¡Dejadla en paz! ¿No veis que quiere ser poeta?». Por aquel entonces, yo no sabía lo que era un argumento y mucho menos uno que me sirviese para defenderme. Me limitaba a bajar el tono de voz para que no entendiesen la letra. ¿Qué tenía yo que explicar a quienes no saben que la buena música está llena de poesía, que es lo mismo que estar repleta de matices, magia y posibilidades? ¿Quién podría entender eso a los once años? Yo. Yo sí que lo sabía. Del mismo modo que sabía que sería capaz de perderlos a ellos —a todos— con tal de no perder de vista a la poesía. Lo que todavía no sabía era hasta qué punto la poesía me cambiaría la vida.

Dieciocho años después, he recibido el reconocimiento que me consagra como poeta. El que hace que todo el camino recorrido haya merecido la pena. Ahora siento que todo era parte del proceso: las risas, las burlas, la dificultad para encajar, la soledad a mi pesar, las noches en vela... Hoy todo tiene sentido.

«¿Qué es la poesía? —rescato las palabras que escribí unos meses atrás en mi diario—. Me siento tan virgen como una hoja en blanco al servirme esta copa de vino y saber que pronto empezará la fiesta. Eso es la poesía. Sentir a mano alzada. Ponerle gafas a la vida. Colocar la belleza donde ya está. Amar con fuego. Doblar la intensidad. Gritar en silencio. Fabricar palabras a buen precio. Y traficar con ellas hasta el éxtasis». El problema de la poesía es el mismo que el de la maternidad: decirle «sí» supone un compromiso eterno con la humanidad. Quien es padre lo es para siempre. Quien es poeta también.

Como venía diciendo..., me llamo Raquel, soy poeta y tengo veintinueve años. Hoy, con cinco poemarios a la espalda, me siento especialmente liviana mientras sostengo este premio entre mis manos y solo me cabe decir: gracias. Nunca pensé que sería precisamente la poesía la que me dejaría sin palabras.

Aprovecho para lanzaros un mensaje a vosotros, a los que escribís: deseo que soñéis. Que soñéis bien alto. Que soñéis sobre el papel y luego no podáis desentenderos de lo soñado. *Que la inspiración os pille trabajando*, pero que sepáis parar el mundo de vez en cuando para observar. Porque la poesía va de eso: de escuchar con los ojos abiertos. Y en la poesía cabe tanta música como el tímpano esté dispuesto a soportar.

Quiero expresar mi agradecimiento eterno al jurado y daros las gracias a todos por venir. Es precioso ver tantas caras conocidas en un día tan importante. Gracias también a quien no ha podido estar aquí, pero me ha transmitido su apoyo y alegría. Te lo dedico a ti, papá. Este premio es todo tuyo. Gracias por enseñarme a escribir enseñándome a escuchar.

2

Madrid

«El galardón ha sido concedido por el Ministerio de Cultura y Deporte, fallado el pasado 7 de octubre de 2023. El jurado ha destacado *Madrid* por la inteligencia lírica manifiesta en el engranaje poético de los sentimientos, perfectamente hilvanados, que integran el amor, así como por el realce del Madrid romántico y la Valencia bohemia haciendo uso de la retórica para cubrir la certeza de ambigüedad. Un retrato épico del clásico "qué habría pasado si..." que nos retrotrae en el tiempo y nos traslada al futuro a través de la añoranza».

Siempre me había preguntado cómo sería la vida después de recibir un premio literario. Si cambiaba el ADN, desaparecían las arrugas de expresión, o la gente empezaba a respetarte con independencia de tu edad. Me preguntaba si el reconocimiento oficial supondría un antes y un después en la confianza propia. Si acabaría con el síndrome del impostor, si empezaría lo bueno. Sin embargo, hoy me siento exactamente igual que siempre. Igual de apasionada.

Pienso en plasmar todas estas emociones sobre el papel, en ponerlo todo por escrito. Retiro la cafetera del fuego y me quemo el dedo como de costumbre. Reservo mis sensaciones para otro momento: es de mala educación escribir con el corazón lleno.

Por muchas vidas que vivamos a través de los libros, hay preguntas que uno solo puede responder sobre la marcha, llegado el momento. Para calzar unos zapatos hay que tener talla. Me pregunto si a partir de ahora me reconocerán por la calle, si perderán la vergüenza con tal de hacerse con un autógrafo mío, si tendré que levantar la cabeza como si fuera alguien —como si fuera alguien que no soy yo, quiero decir—. Me pregunto qué se ha de sentir en un día como hoy, si tartamudearé al hablar, se me alterará la flora intestinal o seré incapaz de quedarme dormida en el tren. Me pregunto si podré escribir sobre esto llegado el momento.

Me restriego la almohada sobre la cara, como si mi parte más vulnerable quisiera ocultarse de lo que está por venir. Hoy es un día especial y el cuerpo lo intuye. Reviso el horario de los billetes y la estación de salida, no sería la primera vez que me confundo. Esta tarde viajo a Madrid, y eso solo puede significar que algo bueno está por llegar.

Vivo en la tercera ciudad más importante de España. Sin embargo, parece que los acontecimientos importantes solo tienen lugar en Madrid o en Barcelona. ¿La primera vez que vi un musical? Madrid.

¿Mi primer Sant Jordi? Barcelona. ¿La primera vez que visité un parque de atracciones? Madrid. ¿La única vez que he visto un clásico de fútbol? Barcelona. ¿La asignación de mi plaza de psicólogo residente? Madrid. Parece que es allí donde pasan las cosas importantes. *Madrid* es también el título de mi poemario premiado y la ciudad donde se hará oficial... ¿Casualidad? No lo creo.

Es 5 de noviembre. Esta noche tiene lugar la entrega de premios. Viajo sola en el tren. Me espera Madrid. Mientras pienso en qué invertiré los veinte mil euros del premio, saco el papel del bolso y repaso el discurso que esta tarde leeré delante de cientos de personas. Lo repito para mis adentros: «Me llamo Raquel Ortiz, aunque todo el mundo me conoce como Rey...». Los nervios no me dejan concentrarme. Empiezo a tomar conciencia de lo que está pasando. ¿Lograré recitar el discurso entero sin que me tiemble la voz? ¿Me desmayaré en mitad del escenario?

Parte de mi familia también se desplaza hoy a Madrid. Han optado por hacer el trayecto en coche. Yo, con la suerte fluctuante que tengo, no podía arriesgarme a que se pinchase una rueda, o a que a mi hermano se le olvidase algo importante y tuviésemos que dar la vuelta a medio camino. El transporte público es la opción segura. Siempre está ahí cuando quieres huir muy lejos, como la poesía, como los antidepresivos.

Como tú.

3

Biel

Cuando me preguntan si alguna vez he estado enamorada, respondo con un rotundo no. Nunca he estado enamorada. Mejor dicho: nunca he estado lo bastante loca como para enamorarme. No he bebido de esa euforia intermitente, ni he dormido abrazada a una camiseta que desprendía un olor que ponía mi piel al ataque, ni he recreado en mi cabeza momentos hasta hacerlos parte de mi ADN. Tampoco me han mandado flores un 14 de febrero, ni me han contado cuentos antes y después de dormir, ni he tenido que disparar mentiras piadosas para no desvelar lo que estaba pensando. Tengo claro que *hacer* y *construir* no significan lo mismo porque he podido hacer el amor, pero no construirlo. Nunca he estado enamorada, pero conozco la sensación de buscar el mismo cuerpo todas las noches, de recorrer el mundo al compás de una respiración: ese espacio infinito que cabe entre las cuatro paredes de la habitación; de sentirme extranjera del mundo y practicar el idioma de la piel. Sé de lo que hablan cuando dicen que hay instantes en los que el tiempo no pasa, no pesa y no pisa. También entiendo de asociar respiración con inspiración, y de dedicarle más de un centenar de poemas al mismo destinatario.

Hay una parte importante de mi realidad que reservo para mis versos: *No he conocido al amor / pero reconozco tu tacto / en todos y cada uno / de los pliegues / de mis sábanas.* No creo que los poetas se engañen menos que el resto de los mortales, pero se engañan mejor: *Tener el corazón hecho una piedra / y que tú saques papel / y escribas: te quiero.* Me resulta atractiva la ambigüedad cuando la intimidad que expongo es la mía.

Mire donde mire: AVE por aquí, AVE por allá. ¿Qué publicidad necesita hacer una marca que ya consumes? Divago por las siglas buscando una posible señal, un mensaje oculto. ¿Qué otra cosa podría significar AVE? «Adónde Va Este», o quizá algo más profundo: «Alta Velocidad Emocional». Me río para mis adentros: soy AVE. Desde ahora en adelante, ser AVE será el concepto con el que haré referencia a los *intensitos*, grupo en el que, por supuesto, me incluyo. Apoyo la cabeza en el cristal. En ese momento, me vibra el bolsillo. Llamada entrante. Es Biel, estaba tardando. Dejo que se escurra su voz al otro lado del teléfono.

—Buenos días, ¿podría hablar con la premio nacional de Poesía Joven?

—¿Cómo te has enterado? —contraataco con un tono que combina el entusiasmo y la curiosidad—. ¡Quería contártelo yo!

—La pregunta no es cómo me he enterado, es a qué estabas esperando para contármelo —me devuelve la pregunta—. Me enteré el mismo día que tú.

—Pensaba llamarte hoy al llegar —añado con contundencia—. Quería que fuese una sorpresa.

—Tu madre se ha dedicado a difundirlo entre todos tus seres queridos; veo difícil que no me hubiera llegado antes por alguna vía. —Ríe Biel.

—¡Mi madre! ¡Siempre igual! —Suspiro.

—Está orgullosa de su hija. —Me convence.

—Será eso... —Resoplo para mis adentros.

—Siempre lo está. Hoy especialmente —insiste.

—¿Crees que vendrán Dani y estos? No he querido decirles nada para que no se sintieran en un compromiso, como no les va mucho la literatura... —Deslizo el miedo sobre sus hombros.

—¡Y qué si no les gusta la literatura! Es un momento importante para ti. Les avisaré yo —afirma Biel con una seguridad que despeja cualquier duda—. Aunque me temo que tu madre ya se habrá encargado personalmente.

—Visto lo visto...

—Hablamos luego, Rey. Tengo que elegir un traje para la ocasión.

—Pero si va a ser algo rápido... ¡Ay, madre mía, qué nerviosa estoy!

—Vas a estar genial. Por cierto, supongo que cenarás con tu familia, pero he reservado en el hotel Santo Mauro para tomarnos algo después. —Aprovecha mi momento de debilidad para lanzar la bomba.

—¿Cómo es eso? —Me hago la tonta, en estos momentos me vendría bien escuchar algo bonito de su boca.

—Sí, me apetece que lo celebremos juntos. Creo que, después de todo lo vivido, nos lo merecemos. —Es experto en persuadir con su discurso—. Además, así me cuentas de qué va el poemario...

4

Clara

Como siempre, pienso en los que no estarán. En mi padre, que falleció dos días antes de que yo cumpliera los veinticinco. Pienso en cuánto le habría gustado sonrojarme en pleno escenario con un alarido de los suyos. Lo cierto es que era un especialista en hacerme pasar vergüenza. Sabía que a nadie más que a él se lo consentiría.

Siempre premió mis pequeños logros con grandes recompensas. En el colegio, traer una buena nota a casa era sinónimo de volver a ver «ese» brillo en los ojos de mi padre. Una vez leí que los ojos se humedecen de la misma forma por orgullo que por sueño, y que, sin embargo, cualquiera sabe diferenciar el matiz. Si me concentro y pienso en él, todavía puedo leer ese brillo en sus ojos. Ese brillo tan suyo, tan nuestro. Es una imagen que se me ha quedado congelada en la retina y que reproduzco cada vez que el éxito asoma. Lo dicho; por muy aclamada que me sienta esta tarde, habrá una realidad que sonará más que el resto: nadie aplaudirá como habría aplaudido mi padre.

Clara tampoco ha podido venir, me hizo *tía* hace siete meses y todavía no está preparada para pasar un día sin ver a su hijo, ni para viajar con él sin perder los nervios. Es mi mejor amiga. Nos conocemos desde los nueve años, y es de las pocas personas a las que no he desconocido por el camino. Ha estado a mi lado en todos los momentos importantes de mi vida, aunque ahora esté menos presente que nunca.

Hace algo más de un año nuestra relación se enfrió radicalmente: Clara llevaba un par de años buscando ser madre y, cuando por fin se olvidó un poco del tema, se quedó embarazada. Suele pasar. Fue tanta la efusividad por haberlo conseguido que se desentendió de todo lo demás. Puede que una parte de mí la entienda, pero las demás no.

En ese momento, experimentó un cambio de lo más radical: fue como si un jarrón de agua fría le cayera en la cabeza y destapase a la verdadera Clara. Todo, tanto sus pensamientos como sus quehaceres, empezó a orbitar únicamente alrededor de su futuro hijo. Se pasaba el día pegada a la pantalla del móvil recogiendo información: riesgos del parto, crianza respetuosa, alimentación BLW, educación Montessori, posibles enfermedades congénitas...

Me quedo corta si digo que la ayudé en todo lo que pude: la puse en contacto con un reconocido ginecólogo de Valencia, nos estudiamos —órgano por órgano y huesecillo por huesecillo— el desarrollo funcional completo del bebé, le regalé un par de libros sobre estimulación infantil, la acompañé de compras una y otra vez a ver siempre lo mismo, asistí con ella a las clases de preparación para el parto... Hasta la convencí de apuntarnos a yoga para embarazadas un día a la semana. Diría que, en ese momento, no había una persona en el planeta más preparada que yo para ser madre si no hubiera sido porque no entraba, ni había entrado nunca, en mis planes.

A Clara le ocurrió aquello que me temía desde el principio, y en lo cual puede que yo también tuviese algo de culpa: se le fue de las manos. Hasta tal punto se obsesionó con el tema que no llevaba ni dos meses de embarazo y ya sabía cómo vestiría a su criatura el día que cumpliera tres meses. El problema de la sobreinformación es que cuanto más sabes, más miedos aparecen. Se volvió una hipocondríaca. Dejó de trabajar y se dedicó a leer, a informarse, a comprar y a visitar asiduamente al ginecólogo para rehuir sospechas.

Pasé de no querer perderme nada a apagar el teléfono desde las seis de la tarde para que no me llamara con sus dudas absurdas. Supongo que ella lo captó y lo aceptó, pero quiso seguir viviéndolo de esa forma —cosa que yo respeto aunque no comparta—. «Serán unos meses», prometía. «Se me pasará», aseguraba. *Spoiler*: nunca volvió a ser la misma.

Hemos pasado de escribirnos las veinticuatro horas del día a limitarnos exclusivamente a lo esencial. Todo ha cambiado; también yo. Cada vez que nos vemos, dice que cuenta los días para que su hijo pueda valerse por sí mismo y así podamos volver a ser las de antes. Yo creo que nunca volveremos a ser las de antes, pero no se lo digo. Mientras una parte de mí se muere de pena, la otra agradece que ella ahora tenga una responsabilidad que me coloque en segundo lugar. Nunca me gustó ser la prioridad de nadie, y parece que cuanto menos interés pones en alguien, mayor preferencia te otorga. Ella solía echarme en cara que fuera tan independiente, lo cual me parecía especialmente injusto. ¿Por qué iba a atender a las prioridades de los demás cuando la vida me había quitado la mía?

El olor a prisa marca la llegada a Madrid. Es la primera vez que no me despierto sobresaltada al escuchar «Próxima parada...». Cualquier otro día, en cualquier otra circunstancia, me habría quedado profundamente dormida al arrancar y Clara, tan cauta como es, me habría despertado antes de que sonara la sirena para que me fuera poniendo en marcha porque sabe que me lleva mi tiempo. Yo habría esperado a que saliera todo el mundo para levantarme de golpe, olvidando algo importante en el asiento que ella habría rescatado sin excepción. Pero ni Clara ni la calma me acompañan en el viaje de hoy. El paso del tiempo viaja en preferente. La gente y su urgencia se levantan, reúnen sus pertenencias, y se colocan ante la puerta de salida, como si los premiaran por salir los primeros. Yo sigo prefiriendo salir la última. El viaje se me ha pasado volando, al igual que los últimos días: desde que recibí la noticia, no soy capaz de pisar el suelo. Echo un vistazo a mi asiento vacío: no hay nada. He llegado a Madrid sin imprevistos, sola, y lo más extraño: despierta.

5

La mina de oro

A veces mido el paso del tiempo en los años que hace que Biel y yo no nos besamos. ¿Dos ya? ¿O tal vez son tres? ¿Cómo han podido nuestros caminos bifurcarse de tal manera? ¿Dónde han quedado todas las noches que terminaban en su boca?

No he vuelto a verlo desde que se mudó a Madrid hace un par de años. Fue fichado por una multinacional belga con sede en la capital española. Tiene el perfil que buscan en todas las empresas: empático, profesional e inteligente hasta aburrir. Si posee una cualidad que destaca por encima de todas, y que le ha permitido conseguir siempre lo que se ha propuesto, es la de ser un gran cabezota. Una de nuestras primeras bromas consistía en comparar el gran tamaño de su cabeza con el de su tesón. «Para pensarte mejor», respondía él cada vez que esto se convertía en tema burlesco de conversación. Contra su encéfalo rebotaban todas mis idas de cabeza.

Creo que me perdí una parte esencial de mi propia película, esa que determina la dirección de los hechos, pues recuerdo el día en que conocí a Biel, pero no el momento en que se volvió tan importante. Su nombre es un punto de inflexión en mi vida: antes de Biel y después de Biel. La memoria —tan sabia como la naturaleza misma— ha omitido la etapa de transición. Me acosté con Biel el mismo día en que lo conocí. Su cuerpo apuesto de metro ochenta apareció en mi camino, y sus ojos negros hicieron el trabajo sucio. Teníamos veinte años y toda la vida por delante —¿hasta qué edad se tiene toda una vida por delante?—. Una coincidencia detrás de otra, en una fiesta en la que ninguno de los dos éramos indispensables, derivó en una consensuada bomba de humo.

Si lo miro con perspectiva, como quien divisa la nube negra de un incendio lejano desde la ventanilla del coche, veo al fuego acercarse con sus artimañas para hacerse protagonista de una noche. Una noche a la que le sucedió otra. Y otra. Así, hasta llegar a perder la cuenta.

A pesar de que vi amanecer durante seis o siete años desde su dúplex en el barrio de Ruzafa, nunca tuvimos una relación sentimental por dos razones: la primera, que nuestra amistad creció más rápido que el deseo; la segunda, que la exclusividad nunca fue plato de buen gusto.

Comenzamos a ser indispensables el uno para el otro y llegamos al punto de no poder arriesgarnos. Lo defendía como se defiende a un hijo, lo quería como se quiere a un amigo, y lo deseaba como se desea a un amante. Un cóctel de emociones difícil de digerir y fácil de sobrellevar. Si se queda fuera el aliño del compromiso, cualquier locura de ingredientes entra mucho mejor. Hay algo que no he contado —quizá porque nunca debería haber pasado y quiero borrarlo de mi mente—, y es que una vez lo intentamos...

No acostumbrábamos a culminar las noches con piropos. En todo caso, si me sentía generosa, sacaba mi libreta y leía en voz alta los últimos poemas que había escrito. Él me miraba con ojos de quien no entiende, y hacía una pequeña mueca que consistía en sonreír y asentir a la vez, otorgando su aprobación.

Nunca me di cuenta, pero nuestra conexión era una mina de oro. La mina que yo le ponía a mi lápiz cuando quería que me llevara lejos. Al extremo. Y luego tenía el valor de recitárselo, con pelos y señales, como si lo escrito no fuera con él. Su veredicto siempre era el mismo: «Has nacido para escribir». Lejos de confesarme que a él también le habría gustado perderse conmigo en aquella excursión, que volvería una y otra vez a ese entrelazamiento de las manos en mitad de una obra de teatro, o que había llegado a plantearse qué rasgos tendrían nuestros hijos, reiteraba: «Has nacido para escribir». Lo que él no sabía es que ese era —y es— el mayor de los halagos que alguien podría hacerme. De alguna manera, mi carrera literaria siempre estuvo ligada a él.

A la improvisación de nuestras aventuras, al balanceo de nuestras idas y venidas y al recelo de las etiquetas.

Biel se mudó a Madrid por trabajo el 1 de agosto de 2021. Ocurrió de forma inesperada, pues le llamaron un viernes y empezó a trabajar un lunes. Su partida no me sentó nada bien. Yo atravesaba un mal momento, y eso me terminó de romper el corazón. Me pilló de vacaciones y no pude soportar el ruido de la ciudad, así que me retiré tres semanas al pueblo de mi madre a escribir compulsivamente.

Escribí, día y noche, sobre el dolor que custodiaba. Sobre la rabia que me daba que se hubiera marchado y me hubiera dejado sola cuando más lo necesitaba, cuando por fin estaba empezando a salir del pozo. Escribí sobre la hipotermia de mis manos lejos de las suyas, sobre el trocito de piel que se le ve por encima del pantalón cuando levanta los brazos, y —por qué ocultarlo— sobre sus dedos hundiéndose en mi clítoris. Escribí sobre su experiencia y mis ganas de experimentar. Sobre su lengua escupiendo improperios mientras me apodero de su sexo. Inventé tres teorías sobre el trozo de ceja que le falta. En una le venía de serie, en otra se la había arrancado en la adolescencia y no le había vuelto a crecer, y en la última estaba hecha a propósito para focalizar ahí las miradas y disimular así la protuberancia de su nariz. También escribí sobre el despecho como animal de compañía. Le puse nombre a todas sus personalidades, rango a sus estados de ánimo. Llamé giro de trama a sus cambios de humor. Derramé mi rabia sobre las calles de Madrid, que poca culpa y mucha suerte tenían de verlo ahora pasar. Fue lo más cerca que he estado nunca de estar enamorada.

De ese retiro nació mi último poemario: *Madrid*. Es curioso que sea, precisamente, mi poemario premiado.

6

ZURBANO 36

Recibo una captura de pantalla de Biel: ¡Ha reservado a las 22:00 en The Library Restaurant! Se trata de un restaurante tradicional de Madrid con aspecto de biblioteca, situado en el interior del Hotel Santo Mauro, en la calle Zurbano, número 36. Las paredes que hoy decoran el hotel son las mismas que salvaguardaban la biblioteca del duque de Santo Mauro. Un espacio diáfano poblado de estanterías acristaladas, repletas de antiguas ediciones de libros clásicos y otras joyitas. Las sillas y las mesas, aunque restauradas, conservan su aspecto original. También lo hacen las lámparas de luz cálida colocadas en las mesas. Un espacio que invita al silencio, como el interior de las bibliotecas, aunque hasta la fecha solo he podido verlo en fotografías. ¡Qué señorito se ha vuelto Biel! ¡Y cuánto me gusta eso! Me pregunto si tendré que arreglarme más para esta cita que para la recepción del premio.

Una tradición que me toca desde bien joven consiste en vestir de blanco los días importantes. ¿Sabíais que el color blanco no es la ausencia de color, sino la suma de todos los colores? Es el color de la buena energía y de la tranquilidad. Una manera de decir: me merezco lo bueno que me pasa. Mi amiga María, mexicana de origen, dice que en su país el color blanco simboliza poder y buen estatus, ya que anteriormente representaba la limpieza y la pureza de los que sí que se lo podían permitir. No sé si tendrá algo que ver con la tradición de que las novias se casen de blanco, pero eso qué importa ahora. En los días importantes, surgen preguntas absurdas.

Pongo dirección a Moncloa con paso apresurado, quiero llegar antes que Biel para no tener que saludarlo antes del acto. De camino recibo un mensaje de Clara, que empieza así: «Este es un mensaje para la pequeña poeta que yo conocí...»; mi piel responde por mí. Sonrío. Decido que no lo leeré entero hasta que finalice el evento, no sea que me emocione antes de hora. Podría haber cogido el metro, pero camino, porque los nervios se portan mejor caminando y porque las sonrisas y los atuendos que no ocurren todos los días hay que pasearlos.

Pienso en el discurso. En ese pequeño homenaje a la pasión, que nos mueve en direcciones inesperadas y nos conduce hacia lugares inhabitables sin ella. Pienso en Biel. En el trozo de ceja que le falta, en el lunar de su labio superior. Vuelvo al discurso: «Me llamo Raquel, vivo en Valencia y tengo veintinueve años...». Vamos a ver, ¿no se supone que el público debería conocer esta información? ¿Por qué mejor no empiezo mencionando la anécdota del SingStar? ¿Por qué no me limito a dar las gracias? ¿Por qué no sonrío y dejo que hablen los demás? ¿Por qué no huyo, ahora mismo, en dirección contraria?

7

La descendencia

En mi familia somos delgados por defecto. Cuando era pequeña, me decían que comiera más o no se me desarrollaría el pecho. Que solo las chicas con algo más de carne podían tener tetas. Yo no. Comía y comía, y no conseguía engordar. Estaba tan traumatizada que no dejaba que nadie me viera sin camiseta. Tenía pesadillas en las que me llamaban «tabla de planchar». A los doce años me compré mi primer sujetador, para aparentar lo que no tenía. En el verano de los trece, mi madre entró en mi habitación mientras me cambiaba y, al verme en sujetador, dijo que teníamos que ir a comprar una talla más, que se me iban a salir las tetas. Yo ni siquiera me había dado cuenta de que me habían crecido, me había hecho tanto a la idea de que era imposible...

Ahora tengo algo de pecho, no mucho, pero lo suficiente como para poder presumir de él de vez en cuando. Busco el asiento reservado para mí en la primera fila y, antes de sentarme, me recoloco el traje de chaqueta blanco para que no se arrugue. Debajo llevo una camiseta de encaje que me marca bastante el escote. De lo mejorcito que tenía en mi armario.

«Raquel Ortiz Dos Santos. Premio Nacional de Poesía Joven 2023». Es oficial, el presentador acaba de proclamarme ganadora. Solo de pensar en levantarme, se asoma el malestar: nunca me ha gustado demasiado ser protagonista, y eso me recuerda el *déjà vu* que aparece en momentos como este. Cuando era pequeña, mis padres solían apuntarme a concursos de matemáticas porque era bastante buena. Recuerdo con horror las entregas de premios, concretamente el momento en el que estaban a punto de anunciarse los ganadores y yo juntaba fuerte las manos mientras rezaba por dentro para que no pronunciasen mi nombre. Quería ganar, claro que quería ganar, pero tenía más peso el hecho de no tener que salir delante de tanta gente.

Han pasado muchos años desde la última vez que recibí un premio, pero el malestar no cesa. Lo que debería ser un momento emocionante se convierte en una pesadilla. Siento la emoción engendrando en el lagrimal. Antes de poder darme cuenta, estoy de pie caminando hacia el escenario. Avanzo mirando al frente y mi alma se tambalea. El horizonte se difumina: esto no puede estar sucediendo, es un sueño, tiene que ser un sueño. Subo al estrado y la aclamación ajena desborda la emoción propia. Rebota la primera lágrima contra mi mejilla: cuánto he trabajado por este momento. Cuántas horas invertidas. Me echo a llorar.

Alzo la mirada al público y los veo allí. Han venido todos, no podían faltar en un día como hoy. Me acerco el micrófono a la boca y disparo el primer «gracias». Siento como la palabra sale desde el corazón hacia el abismo del exterior. La percibo inmensa, porque se me anuda a la garganta y fluye con dificultad. «Suena flojito», pienso. Y descubro que tengo el micrófono apagado. Juego a no saber encenderlo mientras gano tiempo para comenzar a declamar. Al encenderlo, me doy cuenta de que he olvidado el papel del discurso en el asiento. Yo siendo yo, ¡qué raro! No importa, me lo debería saber de memoria después de todas las veces que lo he ensayado... Barro el público con la mirada, distingo su cabeza entre todas las demás. Aquí está, viéndome ganar. Sonríe, está guapísimo. Su presencia me tranquiliza. Algo en su aspecto me genera cierta confusión, se ha cambiado de peinado..., juraría que lleva el pelo recogido en un moño. «Modernidades», pienso.

Refresco la memoria recreando la última vez que nos vimos. Habían inaugurado el Parque Central con un espectáculo de cine y fuimos a ver qué se cocía allí.

—Es una pena que terminen este parque justo cuando me voy, me habría aficionado a venir aquí a leer —confesó mientras rodeábamos una zona rectangular cercada por pequeños matorrales y recubierta de césped.

—Ni que leyeras mucho —le rebatí acompañada de un gesto negligente.

Algo raro se respiraba entre nosotros ese día: intercambiábamos más silencios que anécdotas. Me acababa de anunciar su marcha y yo no terminaba de creérmelo. Rectifico: me acababa de anunciar su marcha y yo no quería creérmelo. Supongo que recibir malas noticias inesperadas saca al demonio vengativo que llevamos dentro, pues ese día me comporté de forma insoportable, haciendo énfasis en la libertad de nuestra relación y sacando a colación anécdotas con otras personas —algunas de las cuales ni siquiera existían. Sí, como si fuese necesario subrayar un final que resultaba evidente, pues estaba claro que, tras su partida, nos veríamos de vez en cuando, y le daríamos prioridad a las relaciones que tuviésemos cerca. Por si no había tenido suficiente, le hablé del nuevo compañero de trabajo al que estaba conociendo y con quien me había planteado tener algo. «Pasamos tantas horas juntos...», me regocijé con una maldad impropia de mí. Sentarnos a ver un corto nos regaló silencio durante cuarenta minutos, que se hicieron eternos y breves al mismo tiempo. En el cortometraje salía una niña que se reencontraba con su madre años después de haberla abandonado. Rompimos a llorar. La puesta en escena nos había tendido una mano, la excusa necesaria para llorar desconsoladamente sin justificaciones contiguas. A la banda sonora del corto se sumó la de su gimoteo: su llanto comenzaba en el pecho y terminaba en las cuerdas vocales. Sabía que no era la niña, ni la madre pródiga, era la despedida lo que nos tenía sollozando. Le tendí la mano, como si lo necesitase más que yo. Me agarró tan fuerte que todavía me crujen los huesos si lo pienso. Después lo tengo todo borroso hasta llegar a mi portal. Me prometió acompañarme siempre aun sin estar, me negué a besarlo. Me recordó que podía ir a verlo cuando quisiera, que mi casa era su casa en Madrid, en Valencia y allá donde la vida lo llevara. Lo último que me dijo no lo recuerdo. O sí. He decidido olvidarlo. Obviarlo.

Esa noche parí los versos que nunca pensé hacer públicos: *Son dos cuerpos los que tiemblan / en el acto del brindis: uno, por miedo a romper / y el otro, por temor a ser el roto*. Me regocijé en la pena como animal en el fango: *En la transparencia del cristal / lo veo: / lo que podríamos haber sido*. Y así, la noche en la que algo terminaba, un libro surgía de la pena, de la más profunda pena: *Nadie se muere de pena / sin dejar descendencia*.

Cerré el cuaderno e hice una pequeña maleta improvisada.

—Mamá, ¿tienes las llaves de la casa del pueblo?

8

Papá

Mi padre tenía dos grandes obsesiones: la luz y los arcoíris. Los últimos tenían para él un significado un tanto místico. Solía contarme curiosidades sobre ellos. Me decía que este fenómeno meteorológico se produce cuando la luz atraviesa gotas de agua si se pone a llover mientras está saliendo el sol, o si se junta la primera luz del día con las últimas gotas de la noche. Pero van más allá, y era por eso que, además de admirarlos, debíamos aprender a leerlos. A veces, son una señal de arriba para recordarte que no estás solo, aseguraba mi padre. Se los considera un puente entre lo sucedido aquí y los planes del más allá. Solo los seres humanos podemos ver los arcoíris. Esto explica que sean la forma que tenemos de comunicarnos desde el cielo.

La primera casa donde me independicé era un estudio chiquitito de treinta y cinco metros cuadrados y mucha luz. En mi balcón hacía esquina la calle Sueca con la calle Denia. Me quedé prendada de la luz que entraba por la ventana a primera hora de la mañana. No fue amor a primera vista, en absoluto. En esa época, madrugar me parecía un sacrilegio. De hecho, uno de mis primeros movimientos como inquilina fue cambiar las cortinas de la habitación por otras más opacas, para poder amanecer cuando me pidiera el cuerpo. No sirvió para nada, pues aquí en Ruzafa la luz siempre gana. Atraviesa, se cuela.

Cuatro años después, todavía no he superado la luz de aquella primera casa. Ahora madrugo por gusto y siempre con la luz del sol. Es un vicio: cuando te acostumbras a amanecer de forma natural, no quieres volver a saber nada de las alarmas. Aunque vivo a escasas manzanas de aquel estudio, la luz no entra igual. Aquí me despierto de lado.

No es ningún secreto que me gustan los juegos de palabras. A veces, cuando inconscientemente los encuentro, lo reconozco, yo también me sorprendo. Recientemente, he incorporado a mi vocabulario la expresión «despertar de lado». Parece hacer referencia a esos días en los que empiezas con el pie torcido, con el cielo nublado, pero no. Se refiere a que la luz del sol entre en la habitación de costado. Es como despertar antes un lado del cerebro que el otro.

En mi caso, siempre se despierta antes el hemisferio derecho, que es el emocional. Por eso, cuando me despierto con la luz del sol, durante unas horas no pienso, me limito a sentir. Deambulo entre certezas y posibilidades. Fantaseo con la idea de que los problemas se tomen un descanso, uno pequeño: veinticuatro horas de tregua. Creo que la lectura de *Mi año de descanso y relajación* de Ottessa Moshfegh me ha pasado factura. Sorbo el primer trago de café mirando al infinito, disfrutando de no tener que pensar en nada. Después, los problemas van apareciendo. Y es ahí cuando recurro a nuestro diario. Lo abro por una página al azar:

> Me he venido unas semanas al pueblo, aprovechando que la abuela está de viaje y que puedo estar sola. Lo mío con Biel se ha terminado, Pa. Bueno, sé que estarás pensando que nunca empezó, o que esto ya lo he dicho antes, pero esta vez es de verdad. Se muda a Madrid a trabajar en una multinacional. No tendrá fines de semana libres ni ganas de verme.

Sí, hubo un tiempo en el que fuimos pareja. Todo empezó en mi fiesta sorpresa de los veinticinco años. Biel llevaba una semana rarísimo, sentía que me estaba ocultando algo. Le había propuesto que nos fuéramos a pasar el fin de semana a Mora de Rubielos y se había negado con excusas absurdas. A cambio, me ofrecía un paseo por el río y una cena en el restaurante La Principal el viernes. No estaba mal, pero yo quería salir de fiesta. Así que invité a Clara y a Lourdes a beber en mi casa después de la cena con Biel, aprovechando que mi padre estaba en Panamá y mi madre se iba a París ese fin de semana a un congreso de trabajo. Biel insistió en acompañarme hasta la puerta, y cuando llegamos... ¡Sorpresa! Estaban ahí todos. Se habían compinchado entre ellos y con mi hermano para que yo no sospechara nada. Sabían que odiaba las sorpresas y no les importó lo más mínimo. Ver a Biel charlando y riendo con toda mi gente me resultaba una escena cómica cuando menos. Entre el subidón, las copas y la *playlist* que sonaba desde mi habitación, lo vi claro: nos merecíamos intentarlo. ¿Qué nos paraba? Mis traumas por experiencias pasadas; Victoria —mi amiga de la universidad y ex de Biel—, que no había venido al cumpleaños al enterarse de que estaría él; la información que yo tenía debido a mi amistad con ella, poco útil en este caso. Sabía demasiadas cosas de él, que hoy podía *venderme la moto* y mañana desaparecer, asegurarme que eso no había pasado, y sonreír como si nada. Eso era exactamente lo que le había sucedido a Victoria y no iba a permitir que me pasara a mí; mi orgullo, echando raíces con los años. Pero los motivos son solo saquitos en el aire: a veces pesan mucho y otras se los lleva el viento, todo depende de con qué los llenes. Por cada mirada de Biel de aquella noche, una duda caía del saco sin remordimientos. No hicieron falta palabras, llegó el momento de soplar las velas y pedir un deseo, y lo miré.

—¿Estamos pensando lo mismo? —le dije delante de todos.

Nos besamos. Sí, creo que era la primera vez que nos besábamos en público, y me dijo que me quería, de todas las formas posibles en que se puede querer a alguien.

La nueva etiqueta no cambió demasiado nuestra relación, pues seguíamos haciendo prácticamente lo mismo, con la diferencia de que ahora nos cogíamos de la mano por la calle. Nos llevó un tiempo tener gestos cariñosos en público y hacer planes románticos, pero poco a poco lo fuimos consiguiendo. Planeamos nuestro primer viaje, unos días de desconexión a Cabo de Gata. En coche, con una maleta cargada de libros, bikinis y pareos, atravesábamos el túnel de Villena cuando recibí una llamada de mi madre, puse el altavoz y bajé un poco la música. No creo que se pueda ser demasiado feliz sin estar alerta porque es ahí, en esos picos de felicidad, cuando la vida nos da sus peores noticias: «Tienes que volver, cariño. Nos vamos mañana a Panamá. Ha muerto papá». Dimos media vuelta. Me quedé blanca. No dije una sola palabra en todo el trayecto. En cierto momento, Biel me dio la mano. «No me toques», me apresuré a decir sin pensar en las consecuencias. Me encerré. Quería estar sola. Tremendamente sola.

Mientras recuerdo con amargura, sigo leyendo el diario:

> ¿Sabes? Deberías volver a la vida. Aunque fuera solo durante unos días. Mi círculo de amigos ha

cambiado mucho últimamente. Tengo varias personas a las que presentarte. No sé por qué, pero la gente se engancha a mí con mucha facilidad, como una manivela a un suéter rasgado. Quizá sepan que estoy rota y eso despierte su interés. Luego están los que intentan que me sienta mejor haciéndome ver que están peor que yo. No se dan cuenta de que proclamándose náufragos me hunden más, todavía más... Cuando me enfado y les contesto como no debería, me acusan de ser tan delicada como un jarrón de porcelana que baila en las manos de quien no lo fabricó; pero lo que no saben es que mi contenido viene derramado de casa. Dicen que tropiezan, pero todavía no conocen la diferencia entre *hueco* y *agujero*. No saben lo que es caerse para siempre. Sin embargo, tú sí.

Te echo de menos, Pa.

Aquel verano que pasé en el pueblo estaba hecha polvo. Había perdido a mi padre hacía dos años, y acababa de perder a la única persona que no me recordaba continuamente que había perdido a mi padre. Caí en picado, toqué fondo, y lo llené de poesía. Regocijarme en la tristeza me salvó la vida. Quién me lo iba a decir. Quién me iba a decir a mí que regar la semilla de la pena daría sus frutos. Y qué frutos.

9

Los reincidentes

A veces necesitamos que un cambio brusco de la vida nos aceche para convertirnos en quienes somos realmente. Funciona así. Con algunas de nuestras facetas ocurre como con los genes: permanecen en silencio, latentes, y solo se expresan cuando se dan las condiciones pertinentes.

A esa conclusión llegué cuando me di cuenta de que, de la noche a la mañana, Clara y yo nos habíamos convertido en la noche y el día. Ella formaba parte de una de esas familias multitudinarias que se reúnen inexcusablemente todos los domingos y empalman la sobremesa con la cena, mientras que yo no tenía especial predilección por mi núcleo familiar. Ella se mantenía en el plano tradicional mientras yo me inclinaba, cada vez más, hacia el lado moderno. Se definía a sí misma como romántica empedernida y a mí me arrancaban cualquier cosa antes que un «te quiero». Yo no quería oír hablar de compromiso hasta pasados los treinta y cinco, y ella llevaba media vida comprometida. Mientras yo soñaba con alargar las noches, ella quería que los días terminaran lo antes posible, envueltos en rutinas. Yo aspiraba a trabajar tanto como mi madre; ella, a dejar de trabajar lo antes posible para dedicarse única y exclusivamente a la crianza de su hijo. Ella era feliz; yo estaba en ello.

Tener hijos no era una de mis prioridades, pero su maternidad había despertado en mí cierto instinto: el de demostrar que la maternidad no tiene por qué significar dar marcha atrás, que se puede ser otro tipo de madre, más dinámica y pendiente de una misma. Más egoísta, porque el egoísmo a veces es más una necesidad que un pecado. Ella estaba empeñada en que las mujeres, por mucho que quisiéramos evitarlo, estábamos condenadas a quedar siempre por debajo de nuestros hijos. A desaparecer temporalmente. A mí no me faltaban ganas de quitarle la razón, pero para eso quedaban muchos años.

Una vez me dijeron que quedarse sin amigos era tan sencillo como preguntarse a cuántos de ellos elegirías a día de hoy. Yo lo tengo claro: si conociese a Clara hoy, no la escogería como mejor amiga, o, por lo menos, no a esta Clara. A la de antes sí. Sin embargo, le agradezco a la vida que la haya elegido por mí, porque es de esas personas con las que la maldad no ha podido hacer nada. Soy consciente de lo afortunada que soy de tenerla a mi lado, aunque cada vez sean más nuestras diferencias, esas que ella no ve. O no quiere ver.

El día que Clara se convirtió en madre, a mí me bautizó automáticamente como madrina. Marc nació con los ojos muy abiertos, augurando curiosidad, y le llevó menos de setenta y dos horas lucir una sonrisa en la boca. «Y eso que todavía no sabes la suerte que tienes», me moría de ganas de decirle. Creo que la de madrina es la relación más cómoda que se puede tener respecto a un niño. Puedes cuidarlo, consentirlo, incluso influir en su educación, pero no condenas tu sueño a su existencia ni te despiertas cada tres horas para alimentarlo. Clara tiene un hijo precioso y un pánico enorme a quedarse sola. Es la única amiga con la que comparto mi pasión por la literatura, aunque nuestros gustos sean antagónicos. Se casó hace cuatro años con el que había sido su novio desde el instituto, y del día de su boda recuerdo ir vestida de nervios. Subí por primera vez a un escenario a recitar algo que yo misma había escrito y logré emocionar a la mayoría de los asistentes. Fue la primera vez que llevé a cabo mi profesión frustrada, aunque solo fuese durante unos minutos.

Estaba esperando a verla para contarle lo sucedido con Biel la noche de la entrega de premios en Madrid. Sabe que hemos vuelto a vernos, pero nada más. ¡Se lo tengo que decir en persona! Ha sido más fácil quedar con ella que de costumbre, se nota que la intriga le puede, en eso no ha cambiado. Salgo de la estación de metro de Aragón, donde he quedado con Clara, que vive detrás del estadio de Mestalla. Hace bastante frío y apenas llevo una rebeca encima. Me acerco al paso de cebra y espero a que el semáforo se ponga en verde. Distingo el caminar de Clara que se acerca a lo lejos. Su cuerpo menudo acelera el paso. Lleva a su hijo en el porteo. Dicen que lo único que se mantiene intacto al paso del tiempo es la mirada, pero yo creo que algo muy característico de alguien es el andar. Cómo camina cada persona nos permite reconocerla incluso cuando no vemos bien de lejos. Y su andar es inconfundible.

—¡Me tienes en ascuas, Rey! —me grita desde la otra acera, tan escandalosa como es ella—. ¡Tienes que contarme cómo fue el reencuentro!

—¡Mira que eres impaciente! —la regaño mientras cruzo en rojo para llegar cuanto antes a su abrazo.

—¿Hubo *remember* o no hubo *remember?* —chilla entre risas mientras su hijo gira la cabeza hacia los lados tratando de averiguar con quién habla su madre.

La insistencia de Clara me obliga a buscar una terraza donde sentarnos. Pedimos un par de cervezas. Ella sin alcohol, recalcándole al camarero su condición de lactante. Antes de que nos las traigan, vuelve a la carga:

—Cuéntamelo ya, haz el favor. Llevo dos días imaginándome lo peor. ¿Tiene novia? ¿Ha salido del armario? ¿Se te ha declarado? —El pánico de su tono de voz no engaña.

—¡No, nada de eso! Bueno, a decir verdad, no le he preguntado si tiene novia... —me cachondeo.

—Pero ¿pasó algo? —insiste preocupada.

—Pasó lo que tenía que pasar.

—¡Lo sabía! ¡Sabía que ibas a caer! —exclama Clara levantando el índice, con la sonrisa de quien celebra tener razón.

—Pasó porque me apetecía. Le dejé pensar que era él quien me estaba conquistando —continuó— para darle una alegría. Pero no fue así, en absoluto, ya sabes que yo lo planeo todo con antelación, y desde que me llamó, sabía que acabaría la noche con él. Y así lo hice: sucumbí a sus encantos, a su risa, a sus historias repetidas y mal contadas... Hablamos muchísimo. No sabría decirte en qué momento nos empezamos a besar, ni cuando bajamos a la recepción a reservar una habitación en el hotel en el que estábamos... —Es de sentido común que los mejores momentos siempre aparezcan borrosos en la memoria, ningún recuerdo, por explícito que fuera, les haría justicia—. Surgió todo natural, como siempre.

—¿Sabes a lo que me está recordando esto? Al poema «Los reincidentes» de tu primer libro. El que leí yo en alto cuando lo presentamos. —Clara saca el móvil del bolsillo buscando una prueba fehaciente de lo que acaba de decir. Mientras busca el vídeo en cuestión, prosigo con la historia:

—Hay algo que me preocupa —digo—, y es que parece no saber que el poemario se lo escribí a él.

—¿No ha leído el libro? —se sorprende—. ¡Oh, demonios! Mucho *mimimí*, pero no es tan fan como yo, ¡eh!

—Me confesó que no lo había leído por no hacerse daño, aunque se había visto tentado a comprarlo en más de una ocasión. Le prometí que le haría llegar un ejemplar, y él me aseguró que lo conseguiría antes de que yo pudiese enviárselo. Ya entre las sábanas, me pidió que le recitara algún poema...

Me sorprendo recordando eso, el alcohol había borrado esas imágenes de mi memoria. Intento recordar cuáles fueron los versos que le recité y si podrían haberle dado alguna pista: *Cada centímetro que se acercan nuestras copas / nos separa un poco más. / El alcohol sube el umbral del dolor y el precio de la pena. / ¡Crash! Todo empieza y acaba en un segundo / lo que dura un brindis.*

Me vienen a la cabeza sus muecas mientras recitaba. Se reía, cariñosamente, de mi intensidad. Me dijo que en el libro me había salido un lado tierno que él no conocía. Se notaba que tampoco se había leído los anteriores... Lo que seguro que no sospechó es que lo que estaba narrando era nuestra despedida. Esa última tarde. El brindis. El paseo por el Parque Central. El corto. El abrazo. El adiós.

—¡Rey! ¿Estás ahí? —Clara me saca de mis pensamientos.

—Sí, sí —respondo con la cabeza todavía en el Santo Mauro.

—Y bien, ¿le has mandado el libro?

—Quería darle el mío, pero luego pensé que estaba todo subrayado y lleno de pósits y que era mejor regalarle uno nuevo. Así que, aprovechando que el tren no salía hasta las doce me escapé sigilosamente del hotel y fui a la librería más cercana a comprar un ejemplar. Me senté en un bar a dedicarlo, mientras desayunaba, y volví al hotel. Sin hacer ruido y con miedo a que saliera en cualquier momento, aproveché la holgura de la puerta para meter el libro por debajo. Él tenía pensado comprarlo nada más salir a la calle, pero me adelanté.

—¿Qué te ha dicho al respecto?

—Todavía no me ha dicho nada, se ha limitado a darme las gracias. Pero hay algo extraño en su actitud que no sabría explicarte... —confieso confundida.

—¿A qué te refieres? —se interesa Clara.

—Ha cambiado.

—¿Ha cambiado? ¿En qué sentido? Explícate, Rey, por favor.

—Sí. No sé. Tampoco quiero darle más importancia de la que tiene. Es solo que lo noto más cercano que de costumbre.

10

Aleatoriamente

Esta vez no dejo que te adelantes.
Te debía una palabra: gracias.
Por creer en mí cuando nadie más lo hacía.
Este premio también es un poco tuyo.
R.

—Una de las diferencias entre la narrativa y la poesía es que, en esta última, el orden y la estructura están sobrevalorados —solía decirme Rey. Si existe una forma correcta de leer un poemario es abriéndolo por una página al azar, dejar que la elección te sorprenda y después repetir el ejercicio y saltar a otra, y a otra. Que sea la intuición la que marque el ritmo.

En el caso de sus libros se cumple esta profecía, pues no importa por dónde empieces: todas las páginas están barnizadas de talento. Pensaba pasar esta mañana antes de ir al curro por la librería de la esquina para hacerme con el último, tal y como le prometí anoche, pero se ha adelantado. Ella siempre lleva ventaja, está en todo. He reservado su lectura para la noche, pues estamos en un proyecto bastante importante y no quería distracciones. Después de llegar a casa y cenar, me he preguntado si estaría firmado. Ha sido un acierto abrirlo por la página de la dedicatoria, pues hacerme partícipe de su éxito es un regalo que solo la generosidad de Rey puede brindarme. Ahora sí, sigamos, y lo abro del revés, dejando que las páginas caigan una sobre otra, como si se tratase de una baraja de cartas, hasta que la voz interior me susurra «ya».

Comienzo a leerlo por la página 24. Sabía que estallaría de orgullo en la primera página. Lo sabía. Estaba preparado para ello. Para lo que no estaba preparado es para lo que me iba a encontrar: *Madrid y yo / tenemos las mismas letras, / pero la capital / más papeletas.* Me quedo confuso, suena a reproche. Cuento las letras de su nombre con los dedos: Raquel, seis letras; Madrid también. Prosigo con la lectura: *Haces las maletas, / dices que te lo llevas todo, / pero me dejas a mí. / Si me hubieras dicho / ¡vente conmigo!, / habría puesto mis raíces / de patitas en la calle / en busca del arraigo / de las nuestras.* No hay duda, está hablando de que alguien se ha marchado a Madrid sin llevársela consigo. ¿Soy yo? Ese alguien tengo que ser yo. Cojo aire para salir momentáneamente del asombro. Inspiro hondo.

Contemplando la portada, caigo por primera vez en el título: ¡Madrid! ¿Cómo lo he pasado por alto?

¿Cómo no me he parado antes a pensar qué posible implicación tiene ella con la capital como para titular así su libro? Reviso la página legal buscando la fecha de publicación, para ver si coincide con mi marcha o es todo una paranoia mía. Octubre de 2022, un año después de que yo me viniera a trabajar a Madrid. Todo encaja. ¡Será posible!

Sin salir de mi sorpresa, repito el juego y vuelvo a abrir aleatoriamente el libro. Ahora mi intuición se decanta por la página 35, que contiene solo un aforismo: *¿Qué tiene Madrid / que no tenga yo? / A ti.* No puedo creerlo, tengo ante mis ojos la respuesta a todas las preguntas que durante dos años me he estado haciendo. Y resulta que la opción correcta es la que ni siquiera había contemplado. Había pronosticado que estaría saliendo con otro, que no querría darle mucha bola a nuestra relación si no nos íbamos a ver, que había perdido el interés en mí, que estaba tan centrada en sí misma que no cabíamos el resto. Todo, menos esto: que el motivo de su distancia fuera el dolor, el dolor que sentía por mi marcha. Doblo la esquinita superior de la página y apago la luz todavía sumido en un gran desconcierto.

11

Universitariamente hablando

Al final lo que nos engancha a otros son las historias. Ni la intensidad, ni el tiempo, ni la relación. La historia. La historia es lo que ocurre antes de que algo empiece a suceder entre dos personas. El origen, el porqué. Ahora no me apetece, prueba en un rato. Vuelve luego. Quédate. Todo eso que amenaza con dejar de ser un instante antes de haber empezado. La historia es lo que estaba pasando cuando pasa. Lo que casi no fue. La canción que sonaba. Las veces que tuvo que sonar para que la escucháramos. Los tres segundos en la ducha antes de que el agua salga caliente. Los milímetros de piel afectados que contagian a los colindantes.

Yo sí creo firmemente que las personas se olvidan. Primero desaparecen de la vida y, tiempo después, dejan de rondar por el cerebro. Pero las historias no. Las historias permanecen en nosotros, como nuestra impronta, nuestro legado.

No hay dos historias iguales. Aun así, reconocemos las nuestras en la literatura de otros, como un sueño que se repite para que abramos los ojos.

Las historias no se pueden borrar, como no se puede borrar lo que no se ha escrito —a conciencia—. Porque una buena historia no se elige. Una buena historia te toca, como la lotería o la enfermedad.

Te toca y no hay dios que la arranque de la piel. Y ahí sí que sí. Y ahí sí que siempre.

Estaba en tercero de carrera cuando conocí a Biel. Por aquel entonces, no perdonábamos la fiesta de los jueves. Tampoco la de los viernes ni la de los sábados, pero el jueves se celebraba «el día universitario». Ese dato es importante porque era el día en que se organizaban fiestas donde nos juntábamos los alumnos de diferentes carreras. Si querías coincidir con un universitario en una discoteca, las posibilidades de encontrártelo eran muy altas si salías en jueves. También era alta la probabilidad de que sucediera lo que no esperabas. Quizá fue esa la razón por la que coincidimos esa noche allí, en esa barra libre organizada por los alumnos de tercer curso de Medicina, donde las colas para pedir eran tan largas que lo máximo que podías aspirar a beber durante la noche eran dos o tres cubatas.

Él estudiaba Ingeniería de Caminos en la UPV (Universidad Politécnica de Valencia), y yo Psicología en la UV (Universidad de Valencia). Pero esa noche estábamos ahí los dos, bajo el mismo techo, entre las mismas cuatro paredes, apoyados en la misma barra.

Sus ojos negros, de vez en cuando, buscaban los míos, tejiendo una red de atracción fatal en la que no tardaría en caer. Me llamó la atención su rostro cuadrado, donde predominaban unos rasgos especialmente marcados. Diría que su frente y su mandíbula coincidían en amplitud, lo que le dotaba de unas proporciones faciales admirables. No era demasiado alto, mediría poco más que yo. Vestía unos pitillo y una camiseta blanca que le llegaba casi por las rodillas. Su tez morena, la camiseta blanca y las luces de neón hacían el triángulo de Bermudas del que yo no iba a saber escapar.

Lo había reconocido enseguida: «Mejora en persona», pensé. No éramos desconocidos, en absoluto, aunque nunca nos hubiesen presentado formalmente. Sabía dónde vivía, qué estudiaba, qué le gustaba cenar los viernes, de qué color era la funda de su cama, de qué equipo de fútbol era, su modelo de coche, de vida... Sabía que todo lo que pasaría esa noche estaba prohibido. Había estado saliendo dos años con mi mejor amiga de la universidad. Aunque lo habían dejado hacía varios meses y habían quedado como amigos, yo sabía que ella estaba esperando el momento de volver con él. No lo había superado, lo tenía en la boca a todas horas. Me pregunté qué sabría él de mí, y en ese instante me invadió un miedo atroz: ¿sabrá que no uso desodorante ni colonia?

¿Que los días de resaca desayuno lentejas? ¿Que no me saqué el carnet de coche hasta la cuarta?

Cuando fui consciente de que no podía hacerle eso a Victoria, ya era demasiado tarde. Su mirada me había calado tan profundo que los músculos habían cedido a su favor y ahora me suplicaban que acortara las distancias. No fue un flechazo, tampoco un amor a primera vista; simplemente, el morbo de una chica caprichosa que no quiere acabar la noche sola. Miré a mi alrededor y vi que la mayoría de la gente de mi clase ya se había ido. «Será una noche, nadie se va a enterar», me convencí. Me acerqué a él, lo agarré de la mano para apartarlo un poquito de la visión central de la barra y lo besé.

No le confesé «quién era yo» esa noche, ni tampoco a la mañana siguiente cuando amanecimos en su piso de estudiantes. No recordaba en qué momento me había quedado dormida, tenía *flashes* de la vuelta a casa en taxi desde la avenida Blasco Ibáñez hasta el final de Peris y Valero, dándonos el lote como en las películas.

Habíamos hablado de muchas cosas: de dónde nos gustaba más que nos tocaran, del sitio más raro donde lo habíamos hecho, de las fantasías que nos quedaban por cumplir..., pero nos habíamos olvidado de lo más importante: quiénes éramos y qué habíamos venido a hacer al mundo.

—¿Cómo me dijiste que te llamaban? —le pregunté rompiendo el hielo. Me acordaba perfectamente de su nombre.

—Me llamo Biel —contestó mientras apartaba la taza de café caliente de sus labios—. Y tú eras... ¿Rosa? —bromeó sonriente.

—Raquel —sonreí—. Puedes llamarme señorita Ortiz si lo prefieres. —No hice ninguna referencia a mi apodo. Si conservaba alguna posibilidad de que no me hubiera reconocido, sabía que identificarme como «Rey» la anularía, porque él ataría cabos enseguida. Y quién sabe si correría a contárselo a Victoria.

—¿Ese es el seudónimo que utilizas para los que se acuestan contigo una noche sin conocerte? —vaciló picándome. Empezaba a sentirme cómoda con la conversación.

—Para esos soy la chica a la que nunca sabes si volverás a ver. —Saqué el tabaco del bolso y comencé a liarme un cigarro, celebrando la respuesta que le acababa de dar—. No tardaré en irme, tengo práctica esta tarde.

—Vale, pero déjame decirte algo antes: anoche fue la primera vez que me acosté con una... ¿desconocida? Se me hace raro pronunciar la palabra —declaró con cierto temblor en los labios—. Es extraño, siento como si te conociera de antes.

—¡Anda ya! —exclamé quitándole hierro al asunto—. ¿A quién pretendes engañar? Soy mayorcita ya, no necesito que me vendan la moto. —Desaté una carcajada. No sabía si me estaba tirando de la lengua, o si, simplemente, le sonaba de algo que no conseguía recordar. En cualquier caso, tenía que desviar la conversación lo antes posible.

—Estoy hablando en serio. De hecho, eso que hicimos ayer de irnos a casa juntos sin conocernos no está bien hecho. Nunca sabes lo que te vas a encontrar... —continuó inclinándose por el lado moralista esta vez.

—Eso es verdad. Yo, en ese sentido, estaba tranquila, tienes cara de buen chico. —Reí—. Eso sí, del lado salvaje me tenías que haber advertido.

—No es lo mismo si ya te lo esperas. Ahí es donde interviene el factor sorpresa. —Puso cara de pillo—. Si te lo llego a decir en la discoteca, quizá me habrías tomado por un creído y no te habrías venido conmigo —susurró intentando disimular su nerviosismo. Se había sonrojado por mi comentario.

—Ahí no te falta razón. —Levanté la cabeza de la almohada y aparté la sábana buscando mi ropa interior. Siempre me he sentido más segura con ella puesta.

—Raquel, me gustaría volver a verte —se le escapó la intención de la boca.

—¿A qué se deben esas ganas repentinas? —Me deslicé hacia su lado de la cama y se lo susurré sensualmente al oído.

—Lo hemos pasado verdaderamente bien esta noche, ¿no? Si no piensas igual, podemos dejarlo aquí, aunque el taxista de anoche seguro que no está de acuerdo. —Me guiñó un ojo, sabía adónde agarrarse.

—Nadie ha dicho que tenga que quedarse aquí. —Lo miré fijamente a los ojos.

—Te iba a proponer tomar una birra esta tarde para conocernos más —se aventuró; mi estrategia había funcionado.

—Esta tarde tengo práctica, pero, si te animas, podemos tomárnosla por la noche. En el kebab de Blasco Ibáñez suele haber sitio —repliqué. Si quería volver a verme, iba a tener que trasnochar—. Creo que podré estar allí a las diez.

Era mentira, no tenía práctica, pero sabía que Victoria estaría por la tarde estudiando en la biblioteca de Psicología, me lo había dicho. Habíamos quedado para el café previo, como siempre. Quería volver a ver a Biel cuanto antes, claro, pero a una hora en la que estuviera segura de que ella ya no rondaba por la zona.

12

La bola se hace grande

Nos vimos al día siguiente, y al otro, y al otro. Nos llamábamos de madrugada para volver juntos a casa, siempre en taxi. Incluso a veces hacíamos por coincidir en la misma fiesta, apostando siempre por el morbo de no poder tocarnos en público, de no ser más que dos desconocidos.

Nos velaba la oscuridad de la noche, el silencio, su confidencialidad. Nos conformábamos con compartir las horas altas, que bien sabéis que son las bajas. Lo sorprendente es que apenas sabíamos el uno de la vida del otro. No hacía falta, el misterio es una herramienta infalible a la hora de conocer a alguien. Nada engancha más a dos personas que se están conociendo que ser conscientes de todo lo que les queda por descubrir.

Pero el roce es el roce e hizo mella. El roce es el origen de todo. Del roce puede nacer una amistad, una relación, un ser humano. Del roce surgió el cariño, y se manifestó en forma de posibles planes diurnos que nunca llegaban a hacerse realidad porque yo los cancelaba en el último momento por miedo a ser descubierta. Un miércoles me propuso salir a correr por el cauce del río. Sabía que era una oferta que no podía rechazar: me encanta correr y acababan de inaugurar el circuito de *running* del antiguo cauce del río Turia, con un recorrido de cinco kilómetros en cada dirección de carril exclusivo para corredores. Me sentí especialmente tentada a aceptar la propuesta, pero al final me negué: «¿Y si nos ve alguien? Prácticamente media Valencia sale a correr a la misma hora por el mismo lugar, es muy arriesgado».

Una vez más, le di largas, y lo animé a venir a mi casa a tomar unas cervezas cuando terminase de correr. No sé dónde había leído que el mejor momento para emborracharse es después del ejercicio aeróbico. La sangre se encuentra escasa de oxígeno y absorbe todo lo que entra en el cuerpo con mayor velocidad. Realmente había leído todo lo contrario: que no es recomendable el alcohol para la recuperación física, pero, claro, me había quedado con lo interesante: que correr es el mejor preliminar para una buena borrachera.

Ese día sentí que ya no podía alargarlo más. Teníamos un tema tabú entre manos. Por cómo me miraba en la fiesta la noche que nos conocimos, diría que sabía quién era yo, pero a esas alturas ya tenía mis dudas. Yo llevaba unos meses actuando de forma rara con Victoria: acudía a clase lo menos posible y la veía solo en las prácticas, que, por suerte, ese año se habían complicado dejándonos el tiempo justo para hablar. Tenía miedo de levantar sus sospechas, incluso de que ya lo supiera y me estuviera poniendo a prueba. Habían pasado tres meses desde que Biel y yo nos conocimos, no habíamos sacado nunca el tema y consideré que había llegado la hora de tantear con él la situación:

—Me encuentro especialmente cansada, la práctica de hoy ha sido larguísima. Cuatro horas frente al ordenador sin sacar nada en claro. ¡Qué aburrimiento! —me quejé, como recurso básico de iniciación de cualquier conversación, aunque esta no iba a ser una cualquiera.

—Debes de tener la cabeza a punto de estallar. ¿De qué era la práctica? —se interesó, como hasta entonces no lo había hecho. Una parte de mí guardaba la sospecha de que estaba fingiendo.

—Análisis de datos. Hipótesis, evidencias, análisis y conclusiones. Informatizar lo particular para llegar a lo general, ya sabes. Doy gracias de tener la mejor compañera de pupitre, que las pilla al vuelo y lo pone todo fácil, sin ella estaría perdida —continué inclinando la conversación adonde quería llegar.

—Debe de ser maravilloso tener una compañera implicada. Yo detesto los trabajos en grupo porque nadie cumple con su deber y me acaba tocando hacerlo a mí... Para colmo, luego la nota se reparte entre todos; me parece injusto. Tienes suerte —aclaró con gesto tímido. Yo no cambié en absoluto de expresión. Por alguna razón, no me había sorprendido en absoluto que se descubriese tan trabajador, era justo lo que había intuido.

—Sí, tenemos suerte los que tenemos una Victoria en nuestra vida —me arriesgué a formular.

—Tenéis mucha suerte —asintió con una sonrisa insulsa que parecía desmentir todas mis sospechas.

—Tenemos —insistí cansada de que se hiciera el tonto—. ¿O acaso no sabes todavía de quién estoy hablando?

—No me has hablado apenas de tus amistades, mucho menos de tus compañeros de clase —se defendió, con un tono de víctima que no le favorecía en absoluto.

—¿De verdad no sabías quién era yo cuando nos vimos esa noche? —pregunté incrédula.

—¿Qué noche?

—La que nos conocimos, idiota.

—Claro que no. ¿Tenía que saberlo? —cuestionó frunciendo el ceño.

—¡Claro! Yo te reconocí al instante, a pesar de que las fotos que había visto no te hicieran justicia. Pensaba que había sido mutuo y que los dos estábamos haciéndonos los tontos... Sabía quién eras porque había oído hablar de ti durante horas. Quien dice horas, dice meses, años... Victoria Serrano es mi amiga, mi mejor amiga de la universidad. —Bajé la cabeza y la apoyé en mi mano derecha—. Vas a pensar que soy una amiga terrible, que lo hice a propósito por el mero ego de robarle el chico a mi amiga, pero no fue así, te lo aseguro.

—Así que tú eres Rey —anunció sorprendido, abriendo los ojos como platos, como si acabase de descubrir el misterio de la tumba de Cleopatra.

—Sí..., y tú eres Biel, tienes dos hermanos pequeños que son mellizos, eres del Levante, no te interesa lo más mínimo la política y eres adicto al zumo de naranja —confesé dejando que la vergüenza me humedeciera los ojos—. Sabía muchas cosas de ti antes de que entraras esa noche en mi campo de visión. Había oído hablar sobre tus besos húmedos antes de probar tus labios, sabía de tu fogosidad antes de avivarla... Pero no me acerqué a ti por eso: fue una fuerza mayor, un campo de atracción del que no pude escapar.

—¿Cómo no me lo dijiste? —preguntó alarmado, como si fuese ya demasiado tarde para saber la verdad.

—Pensaba que los dos estábamos jugando al mismo juego. Al principio, creí que ambos fingíamos porque no merecía la pena poner las cartas sobre la mesa por una noche. Unas semanas después empecé a considerar la opción de que tú no me hubieses reconocido, y después, después... ya era demasiado tarde —admití.

—Yo no sabría fingir algo así —levantó el tono, lamentando no haberse dado cuenta por sí mismo.

—Lo siento. Siento mucho todo esto. En cualquier caso, ella nunca puede enterarse, me mataría —le rogué.

—Victoria y yo somos amigos. Hace mucho tiempo que no estamos juntos, ¿qué tiene que opinar ella aquí? —argumentó rociando su discurso de tranquilidad.

—Ella no opina lo mismo —repliqué—. Para ella estáis hechos el uno para el otro. Cree que esto no es más que un paréntesis, y que tarde o temprano... —Observé cómo, de pronto, le cambiaba la expresión, y el miedo se asomaba a sus ojos. Unos ojos que habían dejado de ser desconocidos para convertirse en amigos. En confidentes. Ahora custodiaban un secreto. Uno que había empezado siendo insignificante y que ahora se hacía, cada día, más grande.

13

Secreto profesional

Estuvimos casi dos años llevándolo completamente en secreto, hasta que estuve segura de que Victoria había pasado página y estaba con otro chico —quién me iba a decir que eso de secreto profesional sería uno de los términos que más repetiría en mi profesión—. Un día le conté que Biel y yo habíamos coincidido en unas clases de alemán en una academia de la plaza Xúquer y nos estábamos haciendo bastante colegas. No me dijo nada al respecto. Siguiendo mi plan de actuar con normalidad, lo invité otro día a tomar cervezas con los compañeros y ella desapareció de la mesa a los quince minutos. Uno de mis amigos me preguntó al oído si estábamos saliendo y le dije que no, que éramos dos amigos que habían conectado muy bien y se estaban conociendo.

Y no mentí. Llevábamos dos años conociéndonos. Éramos inseparables, carnalmente hablando. El secretismo autoimpuesto me había llevado a verlo solo como amante, aunque paralelamente la semilla de la amistad —regada con tiempo diario— había levantado un árbol cuya sombra cobijaba nuestras horas muertas. Nos habíamos vuelto expertos en irnos por las ramas.

A lo tonto, la «relación» se prolongó desde los veinte hasta los veintisiete. Una relación poco exclusiva y bastante lineal, con algún bache que otro, pero nada que no pudiéramos saltar con facilidad. Durante esos años nos conocimos en profundidad y hablamos de todo, como se conversa con alguien a quien no le debes nada.

Fue el culpable del nacimiento de mi primer libro *Clandestino*, pues durante esa etapa, donde se me abrió un nuevo mundo, una nueva sexualidad, me vi obligada a poner por escrito todo lo que no me atrevía a contar en alto. Le guardo especial cariño a ese título, pues, por no querer desvelar demasiado, tuve que abrirme a la ambigüedad de la poesía y sus artilugios. Por supuesto que ese libro no me consagró como escritora, pero puso la semilla de misterio y metáfora que más tarde sería mi marca personal.

Aquellos poemas eran una declaración de intenciones —*dejarme la piel en tus trampas / y no volver a buscarla*—, contaban historias —*hacer de la comunicación un paso de baile / y fingir que estamos / coreografiados perdidos*—; y erupcionaban, con el lenguaje, el sentimiento —*a veces te metes tan dentro / que fantaseo con que no puedas salir*.

A ese primer poemario, que publiqué con veintiún años, en 2015, le siguieron otros cuatro: *Rizar el rizo*, en 2017, en el que me recreaba un poco en lo mismo, pero con más arte; *Petricor*, en 2019, publicado inmediatamente después de la muerte de mi padre; *Semihuérfana*, en 2020, dedicado también a su ausencia; y *Madrid*, dos años después, la astilla de la buena suerte.

14

La sangre

Tenía trece años y acababa de discutir con mi madre. No era nada grave, aparentemente. Mi padre y Miguel estaban desconectando unos días en el pueblo; yo quería salir esa noche y ella no me dejaba. Si en lugar de ser 13 de julio hubiera sido 14, probablemente le habría parecido una idea fantástica, pero era 13 y, por lo que sea, no le venía bien. Me encantaría resolver el misterio de por qué las salidas de las hijas dependen del estado de ánimo de las madres. Nunca lo entenderé, o no hasta que sea madre, y eso puede que no suceda nunca. Pero «mientras vivas bajo este techo»..., ya sabéis lo que pasa, así que no insistí, me encerré en mi cuarto y llamé a Clara para informarle de que posponíamos nuestra cena. Después de soltar una serie de improperios por la boca, mi madre había empezado a calentar las croquetas, y ese tampoco me parecía mal plan de viernes.

Colgué el teléfono y, al volver a la cocina, la descubrí tirada en el suelo, con un charco de sangre alrededor de su cabeza. Entré en estado de pánico automáticamente. ¿Qué significaba eso? ¿Le había dado un infarto? No fui capaz de fijarme en que el pomo de la puerta estaba manchado de sangre, lo que confirmaba que se había dado un golpe y era eso lo que la había dejado inconsciente. Yo siempre había sido aprensiva con la sangre, pero en aquel momento me vi obligada a actuar: salí a pedir ayuda a los vecinos, pulsé todos los timbres del rellano gritando «¡Socorro! ¡Socorro! ¡Mi madre se muere!». Con lo poco que recordaba del cursillo de primeros auxilios de la escuela de verano, intenté reanimarla sin éxito. Acto seguido, me vi con el teléfono móvil en una mano y el teléfono fijo en la otra, llamando a la ambulancia y gritando a la vez. La persona encargada de la atención al paciente en Emergencias no dejaba de pedirme datos absurdos y tuve que imponerme: «Señora, ¿todo esto no me lo puede preguntar allí? Se está muriendo, ¿qué parte no entiendes? Mi madre se está desangrando y, si no actúan inmediatamente, se morirá». Mientras tanto, por la otra línea, mi abuela repetía «¿Qué es lo que pasa, Rey? ¿Quién se muere? ¿Puedes contestarme?». «Mi madre se muere, mi madre se muere», era todo lo que alcanzaba a decir.

Empezó a salirle espuma por la boca, agarré su cabeza manchada de sangre con las dos manos y le supliqué que volviera, que no me dejara. Cada vez salía más espuma y yo tenía menos esperanzas de recuperarla. Mi abuela me rogó que le pusiera el teléfono en el oído, que al escucharla se despertaría. No estaba yo para sandeces, pero lo hice, le coloqué el teléfono en la oreja y noté cómo empezaba a hacer ciertas muecas que no había hecho hasta ese momento. «¿Qué coño quieres, mamá?», murmuró mi madre molesta, todavía sin vocalizar bien, y se levantó y se sentó a la mesa a comer las croquetas que minutos antes había cocinado.... Me quedé completamente pálida, como si hubiese visto un fantasma. Estuve unos minutos en *shock*, se había sentado a la mesa y seguía cenando como si no hubiese pasado nada. Lo fuerte es que, en situaciones así, uno no es capaz de llorar; simplemente, procede.

Esa noche ingresaron a mi madre en el hospital. Todo se quedó en un ataque de ansiedad. A mí me llevaron a dormir a casa de mi tío. Antes de entrar en mi cuarto, fui al baño a hacer pis: me sentía culpable, todo aquello se había desencadenado por mi culpa, por la tontería de querer salir. Me llevé las manos a las fosas nasales. Apestaban a sangre. No sé cuánto tiempo había estado sosteniéndole la cabeza ensangrentada a mi madre, suplicándole que no me dejase. Y ahora era incapaz de quitarme ese olor. Algo que, por arte de magia, perdura hasta el día de hoy: cada vez que hago algo mal, tiendo a olerme las manos, y el olor a sangre sigue ahí. Como aquella vez.

Cuando me armé de valor para volver a casa, sabiendo que al entrar me encontraría con el charco de sangre y reviviría lo sucedido, este había desaparecido. Alguien se había encargado de eliminar todas las huellas.

Trece años. Trece años tenía cuando experimenté la horrible sensación de creer que perdía a mi madre. Perder a una madre, ¿qué puede haber peor que eso?

15

El mechón rebelde

Mi madre fue una de esas niñas que se hacen mayores de la noche a la mañana. Se quedó embarazada de mí con dieciocho años. No fui una hija esperada, más bien una de esas sorpresas que el destino nos tiene preparadas e inicialmente desconciertan, pero más tarde muestran sentido. Mis padres —valientes ellos— decidieron seguir adelante.

Mi madre tuvo que hacerse mayor de la noche a la mañana. A pesar de que la maternidad la pilló por sorpresa, tuvo las cosas muy claras desde el principio: seguiría siendo ella misma, no consagraría su vida en honor a la mía.

Sortearon los roles y decidieron que quien ganase más dinero, trabajaría, y el otro sería el encargado de cuidarme. Así fue como mi madre se reincorporó enseguida al trabajo y mi padre se quedó cuidándome en casa durante los primeros años. Cinco años después nació Miguel y, aunque la situación económica había mejorado considerablemente, mi padre volvió a adoptar el papel de cuidador.

Pero esta historia no la supe hasta cumplidos los quince años. Un minuto antes de que me la contaran, habría jurado que mi existencia era el resultado de varios intentos consecutivos de completar una vida, una familia que, de por sí, ya estaba llena. Pero resulta que me equivocaba. Aprovecharon que mi hermano estaba entretenido jugando a videojuegos e improvisaron una pequeña reunión conmigo en el comedor. Se sentaron frente a mí con una bolsa de plástico cuyo contenido conocería después, y me explicaron, con una seriedad impropia de ellos, cómo un descuido los había llevado a tener que reinventarse como pareja, y a sortear uno a uno los diferentes obstáculos y dificultades para sacarme adelante. Pero no me lo confesaron porque considerasen que merecía saber la verdad, sino porque yo acababa de empezar con mi primer novio —que, por cierto, me doblaba la edad— y querían transmitirme la importancia de los preservativos y métodos anticonceptivos. Ideas de mi madre.

Todavía no había pasado por mi cabeza nada relacionado con eso de hacer el amor; es más, lo veía todavía muy lejos, por lo que les contesté con gestos de incomprensión e incluso cierto desprecio. Pero las madres siempre tienen razón, y era solo cuestión de tiempo, de unos pocos meses, que él me convenciera para tener mi primera relación sexual.

—Sufrimos por la pérdida de objetos que podemos volver a comprar. Sin embargo, hay cosas que solo se pierden una vez. La virginidad no se recupera ni con todo el esmero del mundo. Hay que tenerlo muy claro para hacerlo por primera vez —me dijo mi madre. Y no le faltaba razón.

Cuando me preguntan por ella, se me empañan los ojos. Su existencia me provoca miles de sentimientos encontrados. Puede que se trate de mi tema tabú, no lo descarto, ese que siempre me da dolor de barriga y pocas ganas de hablar.

Mi madre es una de las personas más perfeccionistas y ambiciosas que he conocido nunca. Empezó a trabajar por necesidad, y todo lo que tiene hoy se lo ha ganado a base de sudor y esfuerzo. Nadie puede imaginar cuánto la admiro. Sin embargo, la siento como a una extraña.

Escuchar a cualquiera hablar de ella me llena de orgullo. Sus amigos la adoran y ni ella misma sabe por qué, pues apenas dispone de tiempo de calidad para dedicarles. Consagró muy pronto su vida al trabajo —con el claro aliciente de la juventud— y no pudo nunca mirar atrás. De hecho, con el tiempo, su reconocimiento profesional fue a más, lo que requirió una mayor dedicación. Hoy en día es casi imposible hablar con ella más de veinte minutos seguidos sin que le entre una llamada urgente.

Nuestro aparente parecido se limita exclusivamente a los rasgos físicos. Por lo demás, ella es Teresa Dos Santos, con todo lo que eso implica, y yo no sé quién soy. Le lleva ventaja a la vida, lo tiene todo bajo control. Todo, menos a mí: soy ese mechón rebelde que se escapa de la coleta y no consigue controlar. Le debo mi autosuficiencia temprana y mis dos grandes obsesiones de la adolescencia: valerme por mí misma e independizarme pronto. Pensaba que antes vendría lo primero y después lo segundo, pero entonces llegó David.

16

El DJ

Fue una noche de verano. Era 7 de julio y celebrábamos la víspera del cumpleaños de Clara. *Quince años cumple mi amor.* Nos había invitado a Lourdes y a mí a pasar unos días en su apartamento de El Perelló, y fuimos dispuestas a estrenar la noche. Estábamos morenas y guapas, llevábamos la rebeldía en la mirada y la sal en la piel. Sumamos algunos centímetros subiéndonos a las cuñas y unos años gracias a la magia del maquillaje —demasiados tutoriales a las espaldas—. Escondimos la botella de vodka rojo en el bolso y nos apresuramos a salir de casa. Gracias a que algunos amigos de Clara tenían ya la mayoría de edad, conseguimos colarnos en una discoteca de mayores. Era la primera vez que entrábamos, y el segurata de la puerta nos quitó la botella, avisándonos de que el próximo intento de entrar con bebida supondría la expulsión inmediata. No importó demasiado: allí dentro podíamos beber todo lo que quisiéramos. La noche era joven y nuestra, muy nuestra.

Cuando se acercaban las doce de la noche, me acerqué a la cabina del DJ para pedirle que pusiera *Cumpleaños feliz*. Levantó la vista incrédulo y me lanzó una mirada compasiva. Adivinando mi edad y obviando mi falta de vergüenza, accedió a mis súplicas. A cambio, solo pidió una cosa: mi número de teléfono.

Después de cantar *Cumpleaños feliz* a todo pulmón, apuramos los últimos bailes e hicimos amago de salir en busca de un baño con urgencia. Quedaba mejor desaparecer de repente que admitir la realidad de nuestro toque de queda: teníamos que estar a las doce y media en casa. Ni un minuto más, ni un minuto menos.

A la mañana siguiente, me despertó un mensaje de WhatsApp de un número desconocido que decía: «Qué pronto desapareciste anoche». Mis amigas empezaron a gritar y despertaron a toda la casa: «¡Has ligado, Rey!», «¡Te has ligado al DJ!», «¿Era guapo?», «¡Chisss!». Apenas recordaba su cara; si hurgaba en mis lagunas, podía evocar cierta complexión atractiva que me había llevado a darle mi número, pero no lo habría reconocido si lo hubiera visto por la calle. Cliqué en su foto de perfil, salía de espaldas, pinchando. Tenía la espalda ancha, diría que era bastante alto. Vestía una camiseta negra lisa y llevaba unos cascos verde fosforito que captaban toda la atención de la foto. Leí una y otra vez el mensaje y, conforme más lo releía, más nerviosa me ponía.

Sentía que me había descubierto, que sabía que era una niñata que había salido por primera vez y tenía que estar en casa a medianoche, pero pronto descubrí que los tiros no iban por ahí:

«Nos movimos a otro garito donde estaban unos amigos nuestros, no podíamos dejarlos tirados», contesté, salvaguardando mi dignidad. «¡Venga! ¡No mientas! Seguro que te fuiste con otro...», me rebatió, sacándome completamente de contexto. Me quedé blanca durante unos segundos, y, antes de que pudiera responder, añadió: «Tranquila, es normal, eres muy guapa».

Nos quedamos las tres boquiabiertas sin saber qué responder. Éramos novatas en eso, no teníamos experiencia en el arte del tonteo. Me había atacado sin tener pruebas y luego lo había tratado de arreglar con un piropo. Un piropo que, lejos de halagarme, hizo que me sintiera cohibida. Ojalá hubiera tenido entonces la perspicacia con la que me desenvuelvo a día de hoy.

«Te prometo que no me fui con otro», fue todo lo que me atreví a decir. «No te preocupes, entiendo que no ibas a esperar a que terminara de pinchar. ¿Veraneas aquí en El Pere?», preguntó, desvergonzado. «En realidad no, estoy unos días en casa de una amiga, me quedo hasta el miércoles». Volví a sentir que mi respuesta lo decepcionaría. «Hoy tengo mucha resaca, pero, si te parece, podemos quedar mañana. Puedo pasar a recogerte a la hora de la siesta, conozco un chiringuito donde podemos tirarnos en unos sofás a la sombra. También tiene piscina, por si luego nos apetece refrescarnos», agregó sin la menor duda de que le diría que sí. «Cogeré el bikini, por si acaso». Un atisbo de ilusión me devolvió la calma.

El chico que me recogió al día siguiente no era un chico, era un hombre. Me doblaba la edad: yo acababa de cumplir quince y él rondaba los treinta. Parecía incluso mayor de lo que era; la vida nocturna no perdona. Llamaba la atención el contraste de su piel clarita —síntoma de la poca exposición al sol— con su cabello oscuro. Habían empezado a salirle las primeras canas en la barba, le quedaban estupendamente. Sus ojos, negros como agujeros, no dejaban ver el tamaño de las pupilas, algo que le permitía jugar a engañar. En su coche la música sonaba altísima, como intentando mitigar cualquier atisbo de silencio. Me contó que vivía todo el año en su apartamento de El Perelló, pues trabajaba en los pueblos de alrededor. Era divertido y complaciente. La conversación con él fluía realmente fácil: contaba batallitas, una detrás de otra. Parecía que hubiera vivido once vidas en una. Yo hacía alarde de mi interés haciendo preguntas, y él recurría al poder de la sorpresa para acallar mis dudas. Supe en esa primera cita que no me aburriría con él.

—¿Y cómo supiste que querías ser DJ? —le pregunté en aquella primera cita.

—Soy DJ desde que nací —me respondió riéndose.

—¿Cómo? —lo interpelé. Estaba completamente perdida.

—Mi nombre es David Jiménez. Mis siglas son DJ. La profesión es lo de menos.

—¡Hala! ¡Qué casualidad más chula! —grité con un tono algo infantil.

—Bueno, originalmente me llamo David Gómez Jiménez, pero hace tantos años que no me hablo con mi viejo que he prescindido del primer apellido. No se merece que lo lleve en mi identificación —me confesó mirando al suelo. Él mismo estaba sorprendido. Sin pretenderlo, me había contado algo íntimo.

Y ahí empezó todo. La historia de cómo conocí a David y la de por qué empecé a escribir, que pueden parecer distintas, pero son la misma.

17

El volumen

David Jiménez se llamaba mi primer amor, aunque en el móvil siempre fue «DJ». Pese a nuestras diferencias —empezando por la de edad—, nos entendíamos bien. Debido a mis circunstancias familiares, yo ya era una persona hecha y derecha a los quince años. Había pegado el estirón, medía uno setenta y cinco y ya estaba desarrollada. Tanto mi cuerpo como yo habíamos madurado antes de tiempo, y eso me hacía sentirme «a su altura». Me hacía sentir mayor. Él tenía gran parte de las tardes disponibles para mí y no le molestaba en absoluto que yo fuese al colegio por las mañanas porque se las pasaba durmiendo. Desde el primer momento, su casa se convirtió en mi casa. Allí podía ser yo misma y recrearme en mis sueños. Tenía dinero, lo que nos permitía hacer planes a los que yo sola, por mí misma, no habría accedido. Eso dotó la relación de una intensidad y novedad que a esa edad eran pura droga. Al mes y medio tuvimos sexo por primera vez. Un año después, estábamos jugando a la convivencia.

Las circunstancias de cada momento marcan la persona que somos y aquella en la que nos convertimos. Mis ganas de salir pronto de casa me habían llevado a enamorarme de un hombre que me ganaba en edad y en experiencia, y esto último me iba a salir especialmente caro. La historia de cuento que me haría entender que no todos los cuentos son de hadas. Parecía que estábamos pasando por nuestro mejor momento, pero la era de la incoherencia estaba por llegar: al cabo de unos meses, su boca diría una cosa y haría otra. Me animaría a salir con mis amigas y luego me castigaría si no contestaba al teléfono o llegaba un poco más tarde de lo habitual. Empezarían los ataques de celos y sus consecuencias. Cuando consideraba que «me había portado mal», me castigaba con la indiferencia, o con la diferencia de salir de fiesta y no volver en dos días, para que yo supiera lo que se siente. Lo que se siente cuando ya no se siente nada, salvo dolor. Y la música seguiría sonando alto, cada vez más alto, para camuflar los gritos que sucedían dentro y fuera del coche que me conducía a la ruina.

De cara al mundo, David era maravilloso. A mis amigas las tenía completamente ganadas. Cuando estábamos con ellas, se comportaba como un galán. Las pasaba en las discotecas sin tener edad, les presentaba a diferentes personalidades del mundo de la noche y se encargaba de proporcionarnos todo lo prohibido.

Siempre sabía dónde habíamos ido y no dudaba en aparecer por allí para echar un ojo. Solo yo conocía el motivo real de su presencia, que no era otro que controlar qué hacía yo en cada momento. Ellas, sin embargo, lo que veían era que no dejaba pasar una noche sin darme una sorpresa. Además, su llegada era motivo de celebración, pues le bastaba un par de palabras con alguno de los seguratas para que todas entráramos gratis a la zona VIP. Cuando lo invitaban a los cumpleaños, compraba un regalo sin consultarme. Nunca era un regalo cualquiera, siempre había una marca importante saludando desde la etiqueta de la bolsa que demostraba la cantidad de dinero que se había gastado, y dejaba fatal a mi regalo y al de todos los demás. Como era un experto impostor, les echaba una mano falsificando firmas y notas de los padres en la agenda escolar, donde indicaba que «su hijita no podría asistir hoy a clase porque se encontraba malita en la cama». Aunque la realidad fuera otra muy distinta.

Tenerlas de su lado me dificultaba un montón las cosas. A veces yo misma dudaba de que lo que estaba viviendo entre las cuatro paredes de la casa fuese real. Quería contarles lo que sucedía y tenerlas al tanto de cómo era él en realidad, pero lo que hice fue callarme durante mucho tiempo por miedo a que no me creyeran. ¿Cómo iban a creer que ese hombre generoso y espléndido, que las llevaba a todas en volandas, era, en realidad, un maltratador?

No podía contárselo a nadie, me avergonzaba de mí misma y de la situación que voluntariamente estaba atravesando. Me veía incapaz de salir de ahí. Miré al futuro, saludé a los traumas. La rabia me devolvió a tierra, y lo hice. Lo hice sin mirar atrás. Me olfateé las manos, olían a sangre. En ese momento, sonó la puerta.

Me estaba lavando las manos. Y sonreía. Salía fría, muy fría. La absolución de los pecados quemaba, sin embargo, y me salpicaba el pecho. Me sentía tremendamente sucia.

Haciendo un gran esfuerzo, puedo reproducir la escena: él, abriendo la puerta, pillándome con las manos en la masa —el agua, transparente, incapaz de disimular la historia que tenía entre las manos—, y el después.

Si me preguntan por lo que pasó a continuación, entrego el examen en blanco. Me había entregado, sí, yo. Me había entregado desde el primer día. Una entrega inédita, carente de referentes ni intereses.

Vivíamos juntos. Lo que le pasaba al otro lo vivíamos juntos. Mejor dicho, lo que le pasaba a él tenía un impacto en mí. Cada decisión mal tomada, cada gol en propia meta, cada ficha mal metida a propósito. Todo lo pagaba conmigo. Toda la gama del violeta resplandecía en mi piel. A mí me servía de mapa, a través del cual podía viajar a todos los sitios donde me dolía.

A ojos del tiempo, el dolor atardecía en la piel mostrando el rojo más vivo primero y culminando con el marrón. Me sonaban todas las alarmas y me sentía incapaz de apagarlas. Con los verbos ocurre como con las alarmas: siempre suenan mejor en pasado. Todo le salía mal; todo, menos los golpes. Eran sus manos, que siempre conspiraban a mi favor. Me hacía pedazos y, en cada uno de ellos, me dejaba pedacitos de él, de su veneno, de su rabia infecciosa.

Si lo hice fue porque estaba al límite. Y en el límite yacen muchas cosas, excepto el disimulo, que termina donde el límite empieza. No se dio cuenta. Cuando llegó, ya era tarde, me estaba lavando las manos.

Acababa de ponerlo todo por escrito.

18

Vis a vis

Me costó tres años y dos recaídas, pero salí. Salí de esa relación con dos cosas claras: la primera, que me matricularía en la carrera de Psicología; la segunda, que no volvería a tener una relación seria.

Nuestra ruptura fue una sorpresa para todo el mundo menos para mi madre: lo tenía calado desde el principio, pero esperaba que fuera yo quien me diera cuenta. Ella es elegante hasta para decir «¡cuidado!»; no se muestra alarmada. Te manda mensajes diciendo «ya sabes dónde estoy», o sube un estado de la portada del libro *También esto pasará*, de Milena Busquets, cuando intuye que no estoy pasando por un buen momento. Así es ella.

A menudo me pregunto qué tipo de madre seré, si algún día lo soy. Si estaré presente o ausente, si me inclinaré más por la permisividad o por la disciplina, si querré que todo pase por mis manos o sabré delegar. Es una de esas cosas que no sabes hasta que te toca, pero todo apunta a que mi madre y yo, en cuanto a la condición de madre se refiere, tendremos mucho más en común de lo que hoy puedo llegar a imaginar.

Lo cierto es que nunca me faltó de nada: tengo estudios, viajes a la espalda, idiomas y *una habitación propia*; los recursos y la libertad para poder elegir qué y quién quiero ser en cada momento. Nunca me ha faltado nada, aunque un poco me ha faltado ella.

Nos vemos a menudo y nos miramos muy poco. Como en su casa varios días a la semana porque vive al lado del trabajo. Sobre todo cuando tengo que volver a consulta por la tarde. Me recibe con una sonrisa y me cuenta sus últimos movimientos mientras preparamos la comida. Me gustaría contarle mi día a día, mis inquietudes y mis quebraderos de cabeza. Sé que aconseja muy bien por lo que dicen sus amigos, pero yo no me atrevo a pedirle consejo. A veces estamos sentadas a la misma mesa de la cocina y veo kilómetros de distancia entre las dos. Cada una come pendiente de su teléfono móvil. Ella, ocupándose de asuntos muy importantes que no puede postergar, y yo fingiendo que hago algo. Con suerte, intercambiamos alguna banalidad de vez en cuando. Contesta sus mensajes en voz alta, pero no puedo decir nada al respecto porque la distraigo. La siento inalcanzable, emocionalmente hablando.

Me gustaría saber cómo lo hizo mi padre para entrar en su mundo. Con él, mi madre era otra. Se comportaba como una persona atenta, y enamorada, muy enamorada. Lo llamaba cada pocos minutos para contarle o preguntarle cualquier cosa, lo besaba en cada ocasión que tenía, lo acompañaba a todos los eventos de trabajo. Y aprovechaba cada ocasión —pública o privada— para expresarle su amor. Deduzco que fue porque la conoció antes de que se convirtiera en alguien importante.

Mis padres tenían una relación envidiable. Pensaban completamente diferente, pero se entendían. No se paraban a discutir quién de los dos tenía la razón, eran conscientes de que lo mejor para el mundo —y para nosotros— era la combinación de las creencias individuales de cada uno. Ahí estaba la felicidad, en la mezcla perfecta de ambos.

Cuando mi padre se fue, no vi a mi madre derramar una sola lágrima. Nos comunicó la noticia, nos introdujo el duelo y sus fases, y nos habló sobre la posibilidad de buscar ayuda en la figura de una psicóloga si lo necesitábamos. «Los psicólogos también van al psicólogo», se aventuró a proclamar, como si me estuviera descubriendo algo. Por su parte, siguió actuando como si la catástrofe no fuera con ella. Hacía la compra para cuatro, no era capaz de tirar su cepillo de dientes ni de desprenderse de su ropa para tener más sitio en el armario. Era como si ella supiese algo que nosotros no sabíamos; por ejemplo, que, en realidad, no se había ido del todo.

Mi padre la quería muchísimo, tenía devoción por ella, incluso cuando empalmaba un congreso con otro y no aparecía por casa en toda la semana.

Cuando Miguel cumplió los tres años y empezó en la escuela infantil, vio la ocasión y se puso a trabajar para ella, con la intención de descargarla un poco de trabajo. Sin embargo, el resultado fue el contrario: se volvieron los dos unos obsesivos del trabajo, hasta el punto de prescindir de las vacaciones que con tanto esfuerzo se ganaban. A cambio, nosotros pudimos pasar los veranos en el extranjero, empapándonos de mundo y de cultura. Todas las noches, sin importar el cambio horario, recibíamos una llamada de mi padre que nunca duraba menos de una hora: teníamos que contárnoslo todo, todo, todo.

Unos meses antes de sufrir el infarto, mi padre se mudó una temporada a vivir a Panamá, iban a abrir allí una nueva cadena de hoteles y quería supervisarlo todo. Era un reto para él: expandir al otro lado del charco el negocio donde mi madre se había dejado la piel. Trabajaba muchas horas al día y no podíamos hablar tanto como siempre. Venía una vez al mes a visitarnos y, en una de esas visitas, me regaló un diario para que le escribiese todo lo que me iba pasando y se lo diera cuando nos viéramos. Tanto me gustó la idea que, aunque aquel diario lo olvidé en alguna cafetería, vino otro. Y otro. La costumbre de escribirle se quedó conmigo. Cuando tengo algo importante que contar, abro el diario y me desahogo. Mi padre tenía, y tiene, la virtud de hacer que me sienta especialmente escuchada. Sé que cuando escribo ahí, es él quien me lee.

Mi padre leía mucho, pero hablaba más de lo que leía. Para él, el mejor plan era una buena conversación. Uno de nuestros temas más recurrentes era el futuro: a veces la utopía, y otras la distopía. Parece mentira que le gustase tanto hablar de un lugar donde él no iba a estar. Nunca me lo dijo —porque no está bien visto desearle la incertidumbre a un hijo—, pero sé que él, en su fuero interno, deseaba que yo fuera escritora. Era quien más alimentaba esa faceta mía: con libros, con historias, con preguntas... Mi padre era muy AVE —Alta Velocidad Emocional—. Todo lo emocional que no era mi madre. Un poco como Biel. Ahora que estoy formada al respecto, sé que no es de extrañar que la hija busque en su pareja las cualidades de su padre.

Fue perderlo a él y mi madre se cerró en banda. El muro de carga que sostenía este inmueble se derrumbó de la noche a la mañana. Desde ese día, no he dejado de sentirme sola, con un vacío que me persigue allá donde voy. Quizá sea ese uno de los motivos por los que me acostumbré a dormir con Biel varios días a la semana. Bastante tenía con sentirme sola como para también estarlo.

Llegar a ser como mi madre es algo que me aterra porque no sé si le estaré haciendo un favor a mi hijo al brindarle la ventaja de la independencia, o de alguna forma lo estaré desprotegiendo. La mayoría de los niños están preparados para que les falte algo, pero nadie está preparado para que le falte su madre. Aunque no te falte del todo, ya me entendéis.

19

La cafeína

Trabajar de cara al público es lo que tiene: con algunos pacientes resulta imposible no entablar amistad. Se crean vínculos, aparecen sinergias. El *feeling* no se elige, sucede, como sucede la sístole cuando el corazón se contrae involuntariamente. Aunque cueste creerlo, a veces somos los profesionales quienes nos encariñamos con nuestros pacientes. Es posible establecer una conexión especial con la persona que requiere de ti sin que exista un interés económico de por medio. Alegrarte cuando aparecen por la puerta, cuando te recomiendan a sus amigos más cercanos, cuando te responsabilizan de sus progresos... También existe el revés del asunto, y es que si ves que pasa un tiempo y no han vuelto, te preguntas: «¿Qué hice mal?».

Si por algo destacan mis pacientes es por ser agradecidos. Durante los casi cinco años que llevo ejerciendo, he recibido regalos de todo tipo. Algunos los recuerdo con especial cariño, como la postal desde Chile que recibí de Marta, los bombones Raffaello con los que me sorprendió Héctor el día que cumplía veintiocho años, la primera novela descatalogada de Amélie Nothomb, en francés, que encontró Sandra en una tienda de segunda mano de Marsella, y el collar de cuarzo para ahogar las malas energías de Teresa, que consiguió en el mercado medieval de Albacete.

Sin embargo, los que mejor me conocen saben que no hay nada que mi cuerpo agradezca más que un buen café a cualquier hora. Y eso es lo que lleva haciendo Ruth desde la segunda vez que vino a la consulta, porque la primera no salió especialmente bien...

Fue hace casi tres años. Vino recomendada por su amiga Ana y sin estar del todo convencida. Ana me había avisado de que tuviera paciencia con ella porque era especial, y me invadía la curiosidad de saber a cuál de todas las connotaciones del término *especial* se refería. Por aquel entonces estábamos todavía saliendo de la pandemia ocasionada por el Covid-19 y llevábamos mascarilla. Salí a llamarla a la sala de espera y, al mirarme, me deslumbraron sus ojos, verdes como jardines. Se puso a hablar nada más entrar, había algo raro en su discurso: se contradecía continuamente, sus ojos me contaban una historia diferente a la que salía de su boca. Tenía un tono de voz alto con el que intentaba tapar sus inseguridades. Era alta, de complexión grande, pero hablando se hacía tan pequeñita... Me suscitaba una ternura terrible. Cuando terminamos y salió por la puerta, saqué el informe de acta para rellenarlo y no supe qué escribir. Tuve la sensación de que no habíamos sacado nada en claro. «A la próxima», pensé. Pero algo dentro de mí sabía que existía la posibilidad de que no volviera. Quizá había hecho que se sintiera incómoda, o me había excedido en las preguntas. Estuve muy tentada de llamarla por teléfono para pedirle disculpas, pero la protección de datos del hospital me lo impidió. No tenía acceso al mismo.

Contuve la impaciencia, pues teníamos cita en dos semanas, pero la canceló. Motivos personales, alegó. Desde recepción le dieron automáticamente otra cita, que, al acercarse la fecha, volvió a cancelar. Y así sucesivamente. Fueron pasando las semanas, hasta que perdí la esperanza de que volviera y asumí que no habría segunda cita.

Para mi sorpresa, dos meses después, me crucé con ella por la calle. Nos sonreímos a lo lejos y sentí cómo el nerviosismo se apoderaba inmaduramente de mi cuerpo mientras nos acercábamos:

—¿No piensas volver a terapia? —ataqué impulsivamente.

—Sí, sí, solo que he estado muy ocupada. —Parecía incapaz de mirarme a los ojos. Acerqué la mano a su barbilla y la erguí con delicadeza para recuperar su mirada:

—¿Tan mal estuve? —me aventuré a preguntar, medio en broma, medio en serio.

—No es eso, es solo que... pedí la cita en un momento de debilidad y ya no me siento tan mal —mintió.

—Tendrás que venir entonces a por el alta. —Dejé que mi tono pícaro se adueñase de la situación.

—¡Jajaja! Si no me dejas otro remedio... —accedió sonriendo por primera vez.

—Además, he terminado de leer la novela de la que me hablaste, tendremos que comentarla —le comuniqué con una sonrisa.

—¿De veras te la has leído? —Ahora se mostraba especialmente sorprendida.

—La compré esa misma tarde —confesé—. Quería ver con qué historia me encontraría. No me suelen recomendar libros, y menos con tanto entusiasmo.

—Tenemos mucho que comentar entonces. Consultaré la agenda esta misma tarde. —Ganó la ternura.

—El viernes a las once se me ha quedado un hueco, alguien canceló la cita a última hora. —Le guiñé el ojo.

—No sé quién ha podido ser —rio tapándose la cara con la mano—. Pero ahí estaré yo para remediarlo.

—Nos vemos el viernes entonces. —Le di la mano y continué mi camino. Me giré a los pocos segundos y, al ver que me estaba mirando, se me escapó una sonrisa. Una sonrisa que, a día de hoy, todavía no he logrado recoger.

En la segunda cita puse toda la carne en el asador y —*spoiler*—: no hemos dejado de vernos nunca.

A Ruth le gusta venir a la consulta a primera hora del día, antes de entrar a trabajar. Dice que la sinceridad amanece con la batería cargada y la va perdiendo conforme avanzan las horas. Entre una cosa y la otra, llevo sin verla desde antes de recibir el premio. Es buena señal, supongo.

Llego con un pelín de retraso, tengo los senos sensibles, me molesta el sujetador y me cuesta caminar. Una vez dentro del ascensor, me introduzco las manos por dentro de la camiseta y me aflojo el sujetador para que quede lo más holgado posible. De mi comodidad depende hacer bien mi trabajo.

Distingo su sonrisa al final del pasillo. Está apoyada en la puerta, con un café en una mano y un par de sobrecitos de azúcar en la otra. Se acerca a abrazarme, guardando cuidado de que no se derrame el café:

—¡¿Puedo decir ya que mi psicóloga es famosa?! —chilla antes de fundirnos en un abrazo.

—Para que luego digan que a las poetas no nos pasan cosas buenas —respondo todavía sonrojada—. Cuánto me he acordado de ti, querida. Perdóname por no haberte citado antes, he estado muy liada...

—No sufras, que ya lo sé. De todas formas, creo que ya estoy mejor, a falta de tu evaluación de hoy...

—Ruth mitiga la culpa en un santiamén, tan rápido como localiza el posavasos que hay sobre la mesa y coloca encima el café.

—Gracias, no sabes la falta que me hace, he dormido tres horas —le digo mientras sostengo el café y dejo que me caliente las manos.

—Es del *take away* de la esquina que tanto te gusta. Te lo he pedido con leche de avena, no tenían de vaca.

—No importa, lo prefiero incluso. Últimamente me noto inflamada, no debe de estar sentándome muy bien la lactosa... —alego mientras sorbo el primer trago de café del día.

Ruth me cuenta que la amiga de su amiga Begoña fue hace un par de semanas a hacerse unas analíticas y le han detectado intolerancia a la lactosa. Insiste en que quizá debería ir a hacerme las pruebas, y mientras me enumera el listado de alimentos que tendría que evitar en caso de ser intolerante, una náusea sube por mi boca y se manifiesta en forma de arcada:

—¡Discúlpame, Ruth! Voy al servicio, me parece que voy a vomitar.

Salgo al pasillo y echo a correr hacia el baño temiendo soltarlo todo antes de llegar. La urgencia gana. Me inclino hacia el lavabo y me quedo un rato observándolo, esperando a que la siguiente arcada marque el inicio del vómito, pero no llega. No obstante, me lavo la boca como si algo desagradable acabara de pasar por ahí y vuelvo al despacho.

—Siempre les pasa lo mismo con la leche de avena. Como no suelen darle mucha salida, dejan el brik abierto varios días y no saben que la leche vegetal se pone mala enseguida. ¡Si hasta en el propio envase lo dice: «Una vez abierta, consumir antes de dos días»! —protesta Ruth mientras busca una papelera para tirar el café.

Entramos en materia, y su evolución se hace evidente mientras conversamos. Una hora más tarde, y con una sonrisa en la boca, no me queda otra que darle el alta temporal.

El resto del día transcurre con gran cansancio y cierta aversión al café. El sueño va colonizando cada centímetro de mi cuerpo exhausto. Cuento los minutos para que termine la jornada, quiero acostarme lo antes posible porque mañana me voy temprano a Barcelona. Pasaré antes por el supermercado para comprar algo rico de cena. Hago una breve lista de lo que voy a necesitar, para ir a tiro hecho: salmón, espárragos, pimienta, limón... Sólo de evocar el olor a salmón, la arcada vuelve a ascender por la garganta. Esto no ha sido cosa del café. Me paralizo. ¡No entiendo nada! Con lo que me gusta el pescado... ¿Qué me está pasando? Estoy agobiada. El sujetador me sigue apretando. El nudo en el estómago también.

Cada vez se me hace más difícil compaginar el trabajo de psicóloga con el de escritora. Me encuentro en plena promoción del libro, lo que significa que cada semana tengo que planificar llamadas, Zooms, eventos, viajes... Y seguir escribiendo, que es el verdadero desafío. Escribir roba mucha energía, muchas horas de sueño. La buena escritura requiere de los cinco sentidos. Es difícil ser productiva cuando llevas todo el día siendo productiva. Y eso, sin dejar de ser bonito, resulta especialmente agotador. Son muchos los escritores que aspiran a vivir exclusivamente de esta profesión. Sin embargo, pocos podrían soportarlo. La escritura está sumamente romantizada.

Si hoy pudiera pedir un deseo, elegiría dejar de madrugar. Son las horas de sueño que me faltan las culpables de la fatiga que arrastro. Además, me está afectando a todos los niveles. Sufro unos cambios de humor que me devuelven a la adolescencia.

20

Barcelona

Suena el despertador a las 8:41. A punto he estado de dormirme. Ha sonado varias veces antes, pero no lo he escuchado. Últimamente, el sueño es tan profundo que cualquier sonido del mundo real pasa desapercibido. Siento un calambre en el pie y salto de la cama. Recojo del suelo los vaqueros de ayer —ellos también están del revés—, les doy la vuelta y me los pongo de nuevo. Abro el armario, busco el bodi blanco que compré el lunes en la tienda de segunda mano de la calle Sueca y me lo pongo. Lo considero la mejor opción porque puedo llevarlo sin sujetador y así este no me aprieta. Meto los polvos y el *eyeliner* en el bolso con intención de maquillarme en el taxi. En menos de una hora sale mi tren hacia Barcelona, donde voy a encontrarme con decenas de lectores: primera parada de la gira.

El espejo del asiento del copiloto siempre devuelve una buena imagen; aun así, distingo mis ojeras. No lo entiendo, si he dormido un montón... Coloco otra capa de maquillaje sobre ellas y el resultado es casi inmediato. Hay cosas que el público no tiene por qué saber, ni siquiera yo. Maquillarme me hace ser menos consciente del cansancio que llevo encima, aunque me pese.

Hace unas semanas que los días empiezan con un mensaje de «buenos días» de Biel. No me ha comentado todavía nada respecto al libro, pero desde el día en que se lo regalé, su actitud conmigo ha cambiado radicalmente... Parece como si hubiéramos retrocedido años atrás. Me habla cariñosamente, me pregunta a cada rato qué estoy haciendo, si me siento bien, si tengo ganas de verlo. Luego, la conversación se inclina hacia el lado sexual, y —confieso— es entonces cuando empiezo a sentirme peligrosamente cómoda. Qué divertido es el tonteo sexual cuando es inteligente. Qué llevo puesto, qué haría si lo tuviera delante ahora mismo, cuántas veces me he masturbado esta semana pensando en él...

Precisamente, lo mejor de nuestra relación siempre fue no poder tener una relación. Primero porque él era una persona «prohibida», después porque a mí me habían hecho tanto daño que me negaba a volver a pasar por ahí, y cuando por fin lo intentamos, porque la muerte de mi padre me dejó claro que no estaba preparada. Por eso, cuando en mitad de una conversación sexual, deja escapar algún esbozo de romanticismo, me hace querer salir corriendo: «Entro a trabajar, hablamos esta noche».

He vuelto a verlo alguna vez más desde que pasó lo que pasó, cuando he ido a Madrid por reuniones editoriales, pero siempre de forma exprés y sin apenas tiempo para hablar. Un beso con lengua más largo de lo normal y hasta la próxima. Tal y como estáis pensando: no he vuelto a acostarme con él; mejor dicho..., ¡no he vuelto a acostarme con nadie desde aquel día! Madre mía. No me extraña que nuestras conversaciones siempre terminen subiéndose de tono...

El pitido del tren me saca del trance en el que estoy sumergida: «Próxima parada, estación de Sants». Me levanto por cuarta vez en el viaje para ir a orinar y observo una manchita de sangre en mis bragas. ¡Me ha bajado la regla! Consulto el calendario menstrual y descubro que llevo siete días de retraso. ¡Gracias a Dios! ¡Cómo se nota que estoy pasando por una época de mucho estrés! Saco un tampón del bolso y me lo introduzco. Ahora todo tiene sentido: el cansancio, los cambios de humor, la libido descontrolada...: no eran más que síntomas premenstruales. Suspiro para mis adentros: «Todo está bien, Rey, todo está bien».

Recuerdo una época de mi vida en la que continuamente pensaba que estaba embarazada. Mi calendario menstrual era de lo más irregular, y eso me condenaba a hacerme pruebas de embarazo semana sí, semana también, por si acaso. Tras sucesivas visitas al ginecólogo y varias pruebas, me detectaron el síndrome del ovario poliquístico. Para subsanarlo, pastillas anticonceptivas. Y, con ello, la llegada de la tranquilidad: ahora sí que no podría quedarme embarazada. Además, uno de los síntomas de los ovarios poliquísticos es la infertilidad. Me dijeron que tendría dificultades para tener hijos. «Vaya por Dios», afirmé, como quien presume una desgracia que le sabe a alegría.

Después de nueve entrevistas en medios y un rato agradable con un grupo magnífico de lectores, llega la hora de retirarme al hotel. Ha sido un día de muchas emociones y estoy más cansada que de costumbre. Voy a caer redonda, ni siquiera creo que abra la botella de cava que me han dejado en la habitación. Remuevo la maleta en busca del pijama y, al ver la caja de tampones, caigo en la cuenta de que no me lo he cambiado en todo el día. ¡Mierda! ¡Debo de haber manchado la ropa interior! Me bajo torpemente los pantalones temiendo el peor de los escenarios y descubro, para mi sorpresa, que el tampón está completamente seco. Parece que la mancha de sangre no correspondía a la menstruación, ha sido una falsa alarma. ¿Se trata, entonces, de un retraso? ¡No puede ser! El pánico se apodera de mi cuerpo.

Todavía con los pantalones en los tobillos, alcanzo el móvil, abro la aplicación de Google Maps y busco la farmacia más cercana. Solo una prueba de embarazo me hará salir de dudas.

21

Página 72

Iba a dejarlo aquí por hoy, pero no puedo. Tengo que seguir ahondando en este gran descubrimiento, esta declaración de intenciones que sostengo entre mis manos. Enciendo la luz y, aleatoriamente, escojo la página 50, con el corazón acelerado, por lo que viene a continuación: *Debería habértelo dicho, / haber entornado los ojos / hacia el quién sabe / o el por qué no, / pero ya es tarde. / Que lo intentemos, / que inventemos la manera, /que nos reinventemos. / Tendría que haber tirado el orgullo / y tus llaves nuevas / al mismo agujero / negro, / allí donde no pudieras volver a buscarlas. / Qué me queda: / la palabra en la boca, / el nudo en la garganta / y el nido en el estómago, / que crece / reproduciendo la especie de tristeza que engendro. / Debería haber pronunciado / la palabra mágica / cuando todavía no era tarde: / haber disparado / la intención a tu oído / y así en bajito /susurrar: / quédate.*

¡No es tarde! ¡Rey! ¡No! Todavía estamos a tiempo. No podemos rendirnos ahora, ¿vale? Iré a buscarte. Te convenceré de que te vengas a vivir a Madrid, aquí no te faltará trabajo. Incluso estoy dispuesto a volver a Valencia si así lo prefieres, todo con tal de que podamos estar juntos. Cojo el teléfono de la mesita de noche para decirle algo, y advierto que no me ha contestado a los últimos mensajes. Está pasota. ¡Mierda! Hace dos años que escribió este libro, es posible que todos estos sentimientos formen parte de su pasado. ¿Habrá perdido ya la esperanza? ¡Joder! ¿Por qué no leí el libro antes? ¿Por qué no lo adquirí en cuanto salió a la venta, como todos los anteriores?

Como quien acaba de descubrir una droga y ya se proclama adicto, sigo leyendo. Mis dedos seleccionan ahora la página 72, y me encuentro con un poema más simétrico que el resto. Algo dentro de mí me susurra «¡agárrate!»: *Camino diez mil pasos al día / —reza la aplicación / que me garantiza una buena salud—. / Doy paso a una decena de personas / en cada jornada laboral / con una sonrisa intacta. / Recorro diez pasos / cada dos horas / en busca de cafeína / y tantas veces vuelvo sobre los míos. / Doy mil doscientos pasos obligatorios / en cada trayecto* —ida y vuelta— */ de camino al trabajo / y otros tantos por gusto. / Cuando me siento perdida, / busco la playa / y unas pisadas desnudas / inyectan en mi piel / la fuerza del mar. / Siento como la arena quema / y la ira arde / arrastrada hacia la orilla. / Doy todos los pasos / necesarios / para estar aquí / donde estoy, / de donde no consiento / que me muevan. / Y tú. / Y tú solo me pedías que diera uno.*

Contengo la respiración. ¿Cuántas minas voy a encontrar en este campo? Ahora tengo una nueva pista: no solo me culpa a mí por marcharme, también se culpa a sí misma por no haber sabido actuar a tiempo. Me pellizco el brazo izquierdo, a ver si después de todo voy a estar soñando. Son las tres de la mañana y dudo hasta de mí mismo. ¿Y si mañana me despierto y todo esto no ha sucedido? Fotografío los poemas con la cámara del móvil para dejar doble constancia de su existencia, por si el sentido común los borra del folio. Voy a ir a por ella, tengo que recuperarla. Me quería, quería estar conmigo, pero no sabía cómo decírmelo. A las pruebas me remito. Quizá ni ella misma se dio cuenta hasta que me fui.

El ritmo de la narración lo marca el narrador, la tensión de nuestra historia la marcó ella en todo momento. Es hora de coger las riendas.

22

Arcoíris

—¿Tengo que llevar algo?

—No es necesario. Ve a la farmacia y cómprate ácido fólico. Gestalgyn. Una cápsula diaria. Es importante que empieces a tomártelo cuanto antes.

Antes de salir, me hago una foto en el espejo vertical del baño. El cuerpo de la imagen es el mismo de ayer, pero hoy lo veo diferente. Me he vestido con un mono ancho, como si tuviera algo que ocultar. Mientras bajo a la calle en el ascensor, reviso la foto una y otra vez, examinando hasta el último detalle. Tengo el presentimiento de que marcará un antes. Salgo a la Gran Vía y camino en dirección a La Alameda. Me espera un camino corto pero largo. Siento como si tuviera veinte minutos para pensar en lo que le voy a decir. A medio camino, me encuentro a Julia haciendo un *brunch* con su novio. Julia es amiga de mi amiga Inés.

—¿A dónde vas? —me pregunta sonriente y se levanta de la mesa a darme dos besos.

—¿Yo? A ningún sitio. O sea, hacia allá. —Señalo la dirección del centro—. ¿Por?

—Nada, nada, mujer, por si te querías sentar a tomar algo con nosotros.

Mientras dice esto, observo el cruasán que tiene sobre la mesa. Parece recién sacado del horno. Está relleno, el chocolate resbala por uno de los lados llamándome a gritos. Se me hace la boca agua, tengo el estómago vacío, no he desayunado. No sabía si tenía que ir en ayunas, la última vez que estuve en el Policlínico fue para hacerme un análisis de sangre. Se me olvidó preguntarle a la ginecóloga si podía comer antes de la ecografía. Tampoco los nervios ayudan.

—Me encantaría, pero no puedo, tengo prisa. He quedado con Clara. Otro día nos tomamos algo, prometido.

Mientras digo esto, veo cómo me está observando. Tiene la vista clavada en mi tripa. ¡Menos mal que me he puesto el mono! «Seguro que se lo cuenta a Inés. Ya verás», pienso.

—Te queda bien ese *look* como más *sport*, vas muy guapa.

Se ha dado cuenta, se lo va a contar a Inés, ahora ya seguro, me llamará esta misma noche.

Hay tanta gente que vive por este momento, el de saber por primera vez de la existencia de su hijo... Yo ya tengo una respuesta: la prueba de embarazo sabe lo que dice, pero es necesario un profesional para verificarlo.

He quedado con Clara en la esquina de Gran Vía con Jacinto Benavente. Viene con su hijo, claro, porque dejarlo en la guardería no es una opción. Delegar tampoco. Ni en situaciones mayores.

—¿Has pensado ya si quieres tenerlo?

No le contesto, pero la respuesta está clara (nunca mejor dicho): no. No es solo que sea la persona con menos instinto maternal de todo el país, sino que estoy en el mejor momento de mi carrera. No tengo pareja estable. Ni ganas de cuidar de nadie. Pero sé que no debo precipitarme, necesito recopilar toda la información posible para tomar bien la decisión. Doy gracias por ser una persona bastante fría para estos temas.

—No tienes por qué tomar una decisión hoy, y menos aún comunicarle a la ginecóloga lo que piensas. Hoy en día somos lo bastante abiertos de mente como para preguntar por lo que no nos quieren contar.

Tiene razón. Y eso me tranquiliza. Entre unas cosas y otras, no he podido pensar en lo que iba a decirle.

El tiempo en la sala de espera se asemeja a la eternidad. Sin embargo, una vez que escucho mi nombre, todo sucede muy rápido.

—Pasas a este cuartito, te quitas la ropa y te pones esto. —Me tiende una bata desechable de color azul envuelta en plástico—. Colócala de forma que se quede abierta por la espalda.

Obedezco y me apresuro a entrar donde me indica. Me desnudo rápido, quiero verme de cuerpo entero por última vez. El cuarto de baño es diminuto, y el único espejo está muy alto y es tan pequeño que solo me permite verme la cara, la expresión de alarma. Plan fallido: la próxima vez que un espejo me devuelva la imagen completa será la primera. No habrá última. Me descalzo y, al poner los pies sobre el suelo, descubro que está congelado. Con la piel erizada, me coloco la bata azul que, al estar abierta por la espalda, no elimina la sensación de frío.

La ginecóloga echa un buen chorro de gel lubricante en el extremo del ecógrafo y me lo introduce. El gel también está frío. La sensación me recuerda a la de una citología. Comienza la inspección: va moviendo el ecógrafo vaginal de un lado del cuello del útero al otro, como quien busca vida en Marte, mientras fija la vista en una pantalla que no devuelve más que masas desiguales. La situación me produce cierto pudor, agradezco que mis movimientos estén tan limitados y me impidan levantarme y salir corriendo. Me clavo la uña del dedo índice en el pulgar. Estoy nerviosa.

Tengo un truco para que los momentos tensos pasen rápido: hacer la lista de la compra. Normalmente, sacaría el móvil, abriría una nota nueva, pero ahora mismo no procede, así que la repaso mentalmente: harina, pasta para ensalada, detergente de lavadora, pan de fajitas... Clara aprovecha el momento incómodo para contarme el chisme de que a su vecina —la insoportable— quieren nombrarla presidenta de la comunidad. Le digo que tiene que hacer lo que sea para impedirlo. Estamos sumidas en ese plan mientras la ginecóloga sigue hurgando en mi útero, mirando a la pantalla e intentando encontrar entre tanta nebulosa una mancha con vida propia. De repente, su expresión cambia. Al parecer, distingue algo: «¡Lo tengo!». Y antes de que podamos reaccionar, está girando la ruedecita del volumen hacia la derecha para que escuchemos lo mismo que ella.

Más alto. Ahora sí. Suena. Es real.

> Hoy he escuchado algo que ha terminado con mi paz, un sonido que me ha cambiado la vida. No era el chasquido de un objeto delicado al caer, ni el pitido de la alarma interrumpiendo atrozmente el sueño, no. No era el estruendo de una lavadora vieja, ni la sirena de una ambulancia abriéndose paso a 150 kilómetros por hora, ni el frenazo desesperado de un coche sorteando la colisión. Sonaba más fuerte y más adentro que todo eso.
>
> Era el latido de un bebé.
>
> Al salir, un arcoíris me estaba esperando en la puerta. ¿Eras tú, papá?

Segunda parte: D. A.

Algún día le contaré a mi hijo que uno nunca es lo bastante adulto para encajar los golpes que le da la vida. Lo apostamos todo al rojo de una trama lineal, confiando en que nos hará inmunes al giro. Ocurre que la vida puede cambiar en cuestión de segundos. Sucede que, en el fondo, todos somos un poco yonquis de las vueltas. Al ver una película o leer un libro, el espectador espera ansioso el giro. Aquel que, con implacable seguridad, afirma que su vida es como una película me hace preguntarme si está realmente preparado para el cambio. En el epicentro del giro, la huella de la adrenalina destiñe cuando alguien escribe su vida con miedo. El temor está presente en todos esos picos —altos y bajos— que describen la línea de la incertidumbre.

Le contaré que fui sorteando los obstáculos que yo misma me ponía hasta encontrar el camino. Que una vez fui golpeada con tal fuerza que caí al vacío. Una llamada, tantas personas en pie y, sin embargo, solo una posible víctima: yo. En realidad, no. Tenía el control. Cuando el control tiene más de responsabilidad que de poder, se apodera del sentido común y lo lleva en todas direcciones, en general, y a ninguna en particular.

Frente al gran desconcierto, supe en todo momento lo que tenía que hacer. Lo supe, pero ocurrió eso que los momentos de alta tensión acarrean: el sobresalto, el bloqueo inevitable. Como en las mejores películas, olvidé desconectar algún cable —perdonadme si fue a propósito— y la bomba explotó.

La vida puede cambiar en cuestión de segundos. Cuando así ocurre, aparecen dos caminos —opción no contemplo más que una—: aceptarlo o resignarte. Dejar que la ola te lleve o remar en contra.

Sabía lo que tenía que hacer.

Y, sin embargo, elegí remar en contra.

1

Olga Fuster

—¡Buenos días, Rey! —Se levanta de inmediato—. Cuando he visto tu nombre en la ficha, no me lo podía creer, es una alegría volver a verte.

—No sabes lo que te he echado en falta, Olga. —Lágrimas resbalan por mis mejillas—. Quería pedirte disculpas... Fuiste un apoyo clave en la muerte de mi padre.

—¡Déjate de disculpas! Me alegro de que la terapia te sirviera. Si dejaste de venir, tus motivos tendrías. Ahora siéntate y cuéntame. ¿Qué es lo que te trae por aquí? Vas a tener que ponerme al día.

—A ver..., ¿por dónde empiezo?

—Lo último que sé de ti es que ibas a empezar a ejercer en el Hospital Clínico y acababas de publicar tu tercer libro.

—Han premiado mi carrera de poeta, ¿sabes? —Todavía me tiembla la voz al decirlo.

—¿De verdad? ¡Cuánto me alegro! Me acuerdo de que cuando te costaba expresar tus emociones, escribías poemas.

—Así ha sido siempre. Te agradezco que me animaras. La escritura terapéutica es un recurso como ningún otro. De hecho, hoy en día lo empleo con algunos de mis pacientes.

—¿Sigues teniendo el diario con tu padre que me comentaste?

—Por supuesto, lo utilizo de confesionario. Voy ya por el cuarto tomo. Cuando se me acaba uno, empiezo otro y los voy coleccionando.

—¡Qué bien! Las buenas costumbres no deberíamos perderlas nunca. Además, nadie como él para comprenderte.

—Nadie. No sabes las veces que he deseado estos meses que estuviera aquí. Está siendo todo tan bonito... El jueves pasado tuve un encuentro con lectores en Barcelona, lo disfruté tanto... Y solo acaba de empezar la gira. Lástima que lo que tengo que contarte lo haya estropeado todo.

—¿Qué es lo que ha sucedido?

—A ver cómo te lo explico... —Iba a empezar a soltar el rollo cuando ella, al descubrirme con la mano en el vientre, acariciándolo, ha decidido evitar el momento incómodo.

—No lo esperabas, supongo.

—En absoluto. Todavía sigo en *shock*. No sé ni por dónde empezar...

—Empieza por el principio. Tenemos claro que no ha sido buscado. ¿Conoces al padre?

—Sí, lo conozco demasiado bien. ¿Recuerdas aquel chico con el que me veía a menudo? ¿El que alguna vez vino a recogerme a la salida mientras nos fumábamos un piti?

—¡Ay! ¡Me quiere sonar! Recuérdame el nombre.

—Biel.

—¡Es verdad! Llevabais mucho tiempo quedando y habíais decidido formalizar la relación hacía muy poquito... ¿Has seguido con él? Mira que no habría dado un duro por esa relación... —contestó Olga y, acto seguido, dudó del propósito de su honestidad.

—No, terminamos poco después de que faltara mi padre.

—Vaya..., lo siento.

—¡Qué va! ¡Tranquila! Nunca debimos asentar la relación de todas formas, fue una mala idea. Éramos grandes amigos con derecho..., ya sabes, con derecho a ser ellos mismos cuando están juntos. El roce sostenido en el tiempo hizo el cariño. Durante muchos años tuvimos encuentros fortuitos, de los que empiezan un viernes y terminan un domingo. Compartíamos cama, secretos y sueños... Lo que surgiera. Estábamos tan a gusto juntos que nos costaba separarnos y, sin embargo, no nos echábamos de menos después. Estuvimos cerca de ser algo más, pero, debido a la muerte de mi padre y a otra serie de factores, nos quedamos en el «casi». En el fondo, pienso que es mejor así, no habría funcionado.

—O quizá sí. Ni tú ni yo podemos saberlo...

—Apenas me di la oportunidad de comprobarlo, se me hizo bola la situación y lo dejé... No estaba para querer a nadie.

—Entiendo. Tú eres muy hermética. Supongo que se te haría difícil gestionar lo que te estaba pasando, y todavía más ocuparte de tus vínculos...

—Fue una etapa muy complicada para mí. Todo el mundo quería estar a mi lado, yo solo quería estar sola. Entender por qué la vida me había hecho eso... La compasión ajena estaba a punto de acabar conmigo. No quería la ayuda de nadie. Joder, si hasta dejé de venir a verte...

—Qué duro suena todo esto que me cuentas...

—No salía de la cama ni contestaba al teléfono. Solo quería llorar.

—Me lo puedo imaginar...

—Y supongo que, en esta mala gestión de mí misma, él fue el primer perjudicado...

—Suele pasar. Son las personas más cercanas las que, injustamente, reciben el impacto directo de nuestros golpes.

—Así es —le aseguro acordándome de David—. No obstante, pasado un tiempo, fui consciente de lo mal que había actuado. Le pedí perdón y conseguimos olvidar lo sucedido. Seguimos quedando, con mucha calma y sin compromisos..., hasta que le ofrecieron trabajo en Madrid y se fue hará un par de años.

—¿Se fue a vivir a Madrid y habéis seguido viéndoos? ¡Eso sí que no me lo esperaba!

—No, no. No habíamos vuelto a vernos desde entonces.

—Pero... entiendo que habéis tenido un encuentro recientemente...

Por primera vez enfoca su mirada hacia el punto que estaba intentando esquivar, mi tripa. Noto en su expresión que no puede evitar hacerse preguntas. Hay algo incómodo en esa ojeada. Me recoloco en la silla buscando una postura que me favorezca más. «No hay nada de malo en mirarle el vientre a una encinta», pienso; pero, por algún motivo, me resulta embarazoso, nunca mejor dicho. Ahora yo también bajo la mirada hacia mi abdomen. Intento verme desde fuera. Aparentemente, no hay nada, ningún cambio apreciable. Pero yo puedo ver cómo la piel se ha inflado levemente, como un globo al que acabas de empezar a dar aire. Qué difícil es pasar por alto lo que sabes que está ahí. Alzo la vista y prosigo con la conversación:

—Así es. Coincidimos hace mes y medio en Madrid. Se enteró de que había recibido el galardón, vino a verme a la entrega de premios y... pensé que sería buena idea celebrarlo con él.

—¿Y...?

—Y pasó.

—¿Sin utilizar precauciones?

—Correcto. Pasó como no tenía que pasar, con el riesgo por bandera. —Echo mano del humor para rebajar la angustia de la situación.

—Y encima tuvo que quedar constancia... —Baja la mirada y se tapa la cara con la mano.

—Ya, ya sé que no está bien. Si supieras cuánto me arrepiento, cuántas veces he deseado volver atrás y hacer las cosas de otra manera...

—Bueno, vamos a mirar el lado bueno: por lo menos conoces al padre y sabes que es una buena persona. Si te contara lo que yo veo aquí... ¿Él está al tanto?

—No..., verás, es que ni siquiera sé si quiero tenerlo.

—¿Estás pensando en abortar?

—Sí... No... A ver, ¿recuerdas lo que te he contado del premio?

—¿Puedo preguntar de qué premio se trata?

—Premio Nacional de Poesía Joven 2023...

—¿Qué me dices? ¡Toma ya! ¡Pero eso es magnífico! ¡Eres un hacha! ¡¡¡Enhorabuena!!!

—¡Gracias! Lo cierto es que estaba muy muy contenta, pero esto me lo complica todo. Estoy en el mejor momento de mi carrera como escritora, me ha costado tanto llegar hasta aquí...

—¿Consideras esto un impedimento?

—Me encantaría decir lo contrario, pero sí. A raíz del premio, el libro ha cobrado una segunda vida, ha empezado a venderse mucho.

—Hombre, no es ninguna tontería. ¡Es lo máximo! ¿Te he dicho ya que estoy orgullosa de ti?

—Muchas gracias, Olga. Me alegra que lo estés. Pero me esperan unos meses de promoción muy intensa...

—¿Y a dónde vas a ir?

—Me han llamado de librerías de toda España. La editorial ha organizado un recorrido de encuentros que pasa por varias ciudades donde presentaré mi obra y conoceré a personas a las que admiro. Y no sabes lo mejor...: la idea era cruzar el charco en verano.

—¿Era?

—¡Es! ¿Ves? No quiero paralizar el sueño antes de cumplirlo...

—Te entiendo. Te diría que, quizá si te concentras ahora en la promoción, puedes tener los próximos meses más despejados. Lo que ocurre es que, si todo va bien, la cosa va a ir a más, no a menos...

—Y, además, voy a darlo todo para que así sea. No quiero que todo esto se quede en un *boom*.

—Profesionalmente, es el peor momento. Pero las cosas vienen así...

—Claro, es lo que pasa. Por eso te digo que no es oportuno.

—¿Estás diciendo entonces que no quieres tenerlo?

—No estoy segura, pero creo que no. No ahora.

2

Sorpresa

El domingo por la tarde transcurre lentamente, estoy profundamente triste y cachonda. Ojeo el último libro que he comprado: *Cáscara de nuez*, de Ian McEwan. Me gustan los libros sencillos con reflexiones poderosas. Pienso en servirme una copa de vino, como la protagonista, pero me abstengo. No quiero tomar decisiones de las que luego me pueda arrepentir. Llaman al telefonillo, ¿quién será ahora? Miro por la cámara, es Biel. ¿Qué hace aquí? Me siento completamente desubicada dentro de mi propia casa. Parece que ha acudido a mi llamada, estaba a punto de masturbarme cuando ha sonado el timbre. «Me va a venir bien y todo», pienso mientras me miro en el espejo pequeñito de la habitación. Es de un dorado oxidado, bastante viejito, con forma de sol. Lo compré de segunda mano cuando me mudé aquí y no lo he cambiado desde entonces.

Abro la puerta y él, sin pestañear, se abalanza sobre mi cuello mientras vomita una serie de declaraciones hasta la fecha inesperadas: «He leído tu poemario, no pienso volver a dejarte escapar». ¿¿¿CÓMO??? «Te mudarás conmigo a Madrid, no te faltará trabajo». ¿De qué habla? Sigue besándome. «O, si es necesario, volveré yo a la ciudad». Lo aparto de mí con un gesto de incredulidad y, antes de poder abrir la boca para decir algo al respecto, me ha levantado en brazos y me está llevando al cuarto. Me tumba en la cama y se desprende de su camiseta para colocarla sobre mis ojos, como una venda. Siento como la humedad de sus labios se posa primero en mi frente y desciende, como el valle de un río, desembocando en mis labios. También están húmedos y eso lo excita. Su lengua se pelea con la mía, llamando a todas las zonas de mi cuerpo a la guerra. Acuden al rescate sumidas en una profunda excitación. Ahora me está besando el cuello y sus manos ya se han encargado de dejar mi pecho al descubierto. No me lo dice, pero sé que advierte cierto aumento de tamaño y eso le pone y se refleja en su erección, que he empezado a palpar hace rato. Ahora sí que sí, me he descuidado y no queda ni rastro de ropa. Hunde sus rodillas en el colchón y baja hasta llegar a su destino. Intercalando la velocidad con la intensidad, juega. Juega como si solo él conociera las normas, como si solo él tuviera licencia para hacer trampas. Tiene mi orgasmo en la punta de la lengua, de la suya. Estallo de placer. Suspiro. Me tiembla todo el cuerpo. Vuelco mi peso sobre el suyo introduciendo su miembro —que está duro, muy duro— en mis adentros. Estamos follando, me está penetrando con su criatura dentro. Me invade, de pronto, el miedo tambaleante de que en esta postura pueda detectar cierto abultamiento en mi vientre, así que, sin despegar nuestros genitales, intercambio las posiciones. Ahora estoy más protegida y puedo volver al éxtasis. Es cierto eso de que cuando la libido se eleva, intensifica las sensaciones. Se desliza sobre mí con una brutalidad pasmosa. Apoya las manos sobre la cama y se pega más a mí, presionando mi vientre. A punto he estado de decir «¡cuidado!». Por primera vez siento miedo: «¿Le estará haciendo daño?». Siento la necesidad de decirle que pare, que es peligroso ser tan brusco, pero al mismo tiempo estoy sumida en un inmenso placer y no sé escapar de él. Sube la intensidad, el cuerpo se lo pide, siente que estoy disfrutando y eso le hace entregarse todavía más, ser más bruto —«¿Lo haría con la misma fuerza si lo supiese?»—. Me susurra al oído: «Soy tuyo, ¿me oyes?, completamente tuyo». Le respondo con gemidos entrecortados que le hacen volverse loco y subir mis piernas a sus hombros, haciendo que nuestros sistemas reproductores formen un ángulo de noventa grados perfecto. «¿Qué hace? ¿No se da cuenta de que esto puede perjudicar a nuestro bebé? ¿Nuestro bebé?». Sí, he pensado eso.

3

Pausa dramática

No se puede escapar fácilmente de la pasión. La pasión es el centro de gravedad de todos los impulsos: nos arrastra hacia ella sorteando las leyes de la física e ignorando lo que vamos dejando por el camino. Sabe que tarde o temprano terminamos sucumbiendo a ella. Es el agujero negro que nos cubre los ojos de atemporalidad y nos pone contra nuestras propias cuerdas. Es la única capaz de hacer que yo deje —por unos minutos— de pensar en la situación que estoy (¿estamos?) atravesando.

Cuando la pasión prescribe, vuelven los fantasmas.

No es la primera vez que pienso en la maternidad. He pensado en ella en varias ocasiones a lo largo de mi vida. Es lógico, pues la sociedad nos ha hecho creer que tarde o temprano nos llegaría el turno. Durante los últimos años, he leído varios libros al respecto, creo que está de moda y me gusta, es un tema del que disfruto aprendiendo, aunque siempre acabe sacando la misma conclusión: que yo no valgo para eso.

No es la primera vez que pienso en la maternidad, pero es la primera vez que pienso en ella sintiendo que le debo una respuesta. Intento fluir, no darle demasiadas vueltas al tema y dejar que aparezca «la señal» que me indique qué es lo que tengo que hacer. El problema es que, desde que sé que estoy preñada, veo embarazadas por todas partes, y así es difícil desconectar del tema.

Siento la tentación de llamar a Clara y pedirle que me cuente la verdad, sé que no todo puede ser maravilloso. No puedo creerme que su nueva fuente de endorfinas sea dar el pecho y cambiar pañales, que el insomnio no le pase factura, que no habite un sinvivir viendo cómo se echa a perder. He leído mucho al respecto y no me lo creo. Tengo el impulso de llamarla y decirle «cuéntamelo todo: ¿cuántas veces has deseado volver atrás?, ¿cuántas otras has querido fugarte?, ¿es cierto que todo lo malo compensa?».

Cada vez que tengo un pelín de ganas de seguir adelante, abro su perfil de Instagram y se me pasa. Todo lo que postea es repulsivo. De pronto su vida social se ha visto reducida a hacer planes con otros padres y a divulgar, entre su pequeño público, la crianza infantil. Que tenemos veintinueve años, tronca. Veintinueve. Que si educación en positivo, que si estimulación temprana, que si los beneficios de la lactancia materna... ¿Quién te has creído que eres? ¿Una experta? No, eres una primeriza, como todas las demás.

Comprendo que, si ha decidido dejar de trabajar para dedicarse enteramente a su hijo, quiera ser la mejor, la que sabe más. Lo que no entiendo es que no quede resquicio de la Clara de antes, como si se la hubiese tragado la tierra. Una vez, una sola vez la he visto explotar, no contra su hijo, sino contra su nueva realidad. Recibí un wasap en el que textualmente gritaba —llamo gritar a escribir en mayúsculas— lo desgraciada que era por no poder desaparecer unas horas. Había tenido un mal día y estaba hecha polvo. Eran casi las ocho de la tarde, le habría encantado meterse en la cama a llorar y no dar explicaciones a nadie, pero no podía. Los que no tenemos hijos, en esos casos, apagamos el teléfono y nos metemos en la cama a lamentarnos hasta que el sueño nos vence. Y mañana será otro día. Cuando eres madre no te puedes permitir eso porque todavía te toca bañarlo, hacer la cena, preparar la ropa y el almuerzo para mañana y rezar para que no tarde dos horas en dormirse.

Cómo puede la naturaleza permitir que cuidemos de alguien, cuando lo que necesitamos es que alguien cuide de nosotras.

4

Licencia poética

El dolor es el órgano reproductor de la poesía. No hay ni que encargarse de regarlo, la vida se ocupa de alimentarlo para que dé sus frutos: los versos. Hay que ver qué versos es capaz de parir el dolor. Si no, que se lo pregunten a Pablo Neruda que *pudo escribir los versos más tristes esa noche,* o a Idea Vilariño, que con su tristeza alumbró el poema más conmovedor del último siglo: «Ya no».

Podría decir que el dolor me concede la licencia poética para escribir. Cuando me *duelo,* escribo compulsivamente. Suelto todo lo que llevo dentro, como un tubo de escape que expulsa letras para no contaminarse. Me abruma lo que soy capaz de escribir cuando estoy dolida. Me sorprende tanto que me pregunto si verdaderamente soy yo la que lleva el volante. O si se trata de alguna fuente sagrada que utiliza mi cuerpo como canal de comunicación con este mundo. Como venía diciendo, últimamente estoy escribiendo mucho, más de la cuenta. Mientras me decido a empezar un nuevo proyecto, comparto mis poemas en mi cuenta de Instagram. Parece mentira, cuanta menos vida social tengo, más activa estoy en mis redes sociales. Antes de acostarme, he subido una foto del arcoíris que me encontré a la salida de la ecografía, acompañada de un pequeño poema como pie de foto:

Escribo desde el shock, *y la imprudencia. Suspiro como quien sabe que no estará solo*
nunca más.
Mientras, alguien me pide perdón con la cabeza agachada.
Y la cuerda floja se vuelve tensa. Reconozco el temblor.
¿Es este el olor a capítulo nuevo?
Ya lo sé: esta vez no. No podría pasar esta página sin cortarme los dedos.
He apagado el móvil hace un rato, como si así apagase la voz de mi conciencia.
Tocar fondo es un derecho fundamental. Fundamentalmente humano.
Tocar fondo es aceptar que tenemos un límite. Y que estamos tan cerca de él
que apenas podemos tocarlo.
No pido mucho más que eso: abrazarnos hasta despertar. Hasta despertar el instinto.

Estaré eternamente agradecida a la sutileza de la metáfora, que me permite gritar a los cuatro vientos lo que me pasa sin que nadie —nadie más que yo— escuche. Por el momento, prefiero ser prudente y no despertar sospecha. Me preocupan dos cosas: la primera, y más importante, es que Biel se entere. Hincarle, sin pretenderlo, el aguijón de la sospecha y que empiece a tirar del hilo hasta dar con la verdad. Aunque sé que su reacción será buena, decida yo lo que decida, no tengo pensado contárselo. Quizá se lo confiese dentro de unos años y nos riamos de esto en mitad de un polvo. La segunda es deshacerme de esto cuanto antes. Dije que esperaría a recibir una señal que me indique que voy a hacer lo correcto, y que recabaría la información necesaria para ser plenamente consciente en mi toma de decisiones, pero esto se me está haciendo largo. Está invadiendo mi literatura: prácticamente no puedo escribir sobre otra cosa. También está traspasando las fronteras de la piel: veo embarazadas por todas partes, carritos de bebé, libros de madres e hijos en los escaparates de las librerías... Diría que es psicológico, pero creo que se me empieza a notar. Cada vez que percibo unos ojos observando mi cuerpo, me defiendo antes de que puedan decir nada: estoy reteniendo líquidos, debo de ser intolerante a algo y no lo sé. A esta situación, por ejemplo.

«Todavía tengo tiempo», pienso antes de apagar la luz de la mesita de noche. La oscuridad se encarga de propagar lo que durante el día nos empeñamos en esconder. Tengo que detenerla, me niego a pasar otra noche más de insomnio. Sé que si no logro tranquilizarme un poco no podré dormir. Por eso reúno pensamientos positivos en el instante antes de quedarme dormida, para que mi cerebro se quede con un buen recuerdo y así conciliar mejor el sueño. Mientras pienso en los primeros dientes de Marc que Clara me ha enseñado en un vídeo esta tarde, la luz del móvil me deslumbra. Se ha iluminado la pantalla. ¡No puedo creerlo! Es un comentario de Biel en la última publicación que he subido. Pincho en la notificación para leer el mensaje completo. Se trata de una única frase: «Recuerda que no estás sola». Y un guiño. Un puto guiño.

¿Que no estoy sola? ¡Pues claro que no! ¡Ese es precisamente el problema! ¡Que no estoy sola! ¡Somos dos!

5

Lo prohibido

Pasan los días, pasan de largo. Quisiera atraparlos, dilatarlos: sostener con una mano el inicio y con la otra el final hasta tensarlos, que se quedaran un rato más. Tengo los pensamientos tan desordenados que no sé por dónde empezar. Las ventanas de mi hogar se empañan de incertidumbre. Necesito salir cuanto antes de este bloqueo en el que ando sumergida, que no me deja subir a la superficie.

Desde que supe de mi embarazo, he incorporado algunos hábitos a mi rutina, por si acaso: todas las mañanas, después de la ducha, me aplico el aceite corporal Bio-Oil en los muslos y en el abdomen, para evitar la posible aparición de estrías; una pastillita de ácido fólico diaria, tal como me indicó la ginecóloga; abstemia total y absoluta; y un fuerte intento de dejar de fumar, que de momento consiste en ir reduciendo la cantidad de pitis diarios. Si lo pienso, son cambios que me gustaría incorporar a mi vida de cualquier forma, aunque el embarazo no llegue a término.

La soledad ya no descansa a los pies de mi cama. Ya no soy solo yo. Ahora somos dos. Yo y mi indecisión. La indecisión es un animal de compañía, te sigue allí a donde vas, reclamando constantemente tu atención. Me cuesta recordar qué era lo que pasaba por mi mente antes de conocer la noticia, no logro reproducir las inquietudes que me desvelaban por aquel entonces, hace apenas unas semanas. Ahora todos los pensamientos convergen en uno; todos son el mismo, en realidad: un conjunto de células anidando en mi vientre y debatiéndose entre la vida y la muerte. Solo yo puedo dictar sentencia.

Estas semanas he optado por hacer un paréntesis en mi vida social, no quiero que nadie influya en mi decisión. Los fines de semana los paso prácticamente durmiendo, recuperando las horas de sueño que me roba el desasosiego. En el trabajo sería todo más fácil si no fuera por esta somnolencia que me invade día y noche por haber prescindido temporalmente de la cafeína. La consulta me permite tener la mente ocupada en circunstancias que no son las mías. A la hora del almuerzo, en lugar de ir a la cafetería donde se reúnen los compañeros, bajo a la plazoleta a que me dé un poco de aire. Mientras sostengo el primer cigarro del día, indago en Google sobre los alimentos prohibidos durante el embarazo. La principal amenaza parece ser el mercurio. Reviso los tipos de pescado que lo contienen: atún, caballa, tiburón... En la lista roja también están el queso brie, el camembert, el jamón serrano y demás embutidos, el pescado crudo... Se me abren los ojos como platos al observar la imagen de una bandeja de *makis* variados con una señal de prohibición encima. No, no, esto sí que no, a mí el *sushi* no me lo quitan. De repente, me invade una sensación de rebeldía, un instinto animal del que puedo sentir hasta los colmillos afilados. Sueño con levantarme del banquito en el que estoy sentada y dirigirme al Miss Sushi de Blasco Ibáñez. Sentarme en la terraza, pedirme una copa de vino blanco, un combo de *sushi* y fumar un cigarro detrás de otro. Beber una copa detrás de otra. Siento el impulso bestial de hacerlo, de pasar por alto esta serie de restricciones absurdas que —ahora lo sé— nunca tendría que haber consultado. Como también sé que no conseguiré quitármelas de la cabeza.

6

Cruzar el charco

Una llamada de teléfono me despierta a las 11:45 del viernes. ¿Quién me llamará en mi día libre? Tengo puesto el modo «no molestar» en el móvil, así que, si suena, es que alguien me está llamando por tercera vez. Abro un ojo y veo que se trata de Juana, mi editora. Será importante, pienso. Y opto por atender la llamada.

—Dime —susurro entre bostezos.

Si por mí fuera, seguiría durmiendo, disfrutando del gozo de no pensar, pero la insistencia certifica que se trata de algo importante.

—¿Estás disponible para un Zoom? —pregunta con un entusiasmo que se refleja en su tono de voz.

Me examino de abajo arriba. Voy en pijama, con un moño mal hecho y ganas de seguir echa un ovillo unas horitas más, pero me animo:

—Dame diez minutos, me adecento un poco y te llamo. ¿Vale?

—¡Genial! Te prometo que será breve. Tengo algo que enseñarte y no puedo esperar.

Me pongo una camisa básica blanca y una americana gris encima. La parte de abajo sigue siendo de pijama; por suerte, lo que no se ve, no existe. Saco los polvos de maquillaje y hago por darme un poco de color en la cara. Llamo a Juana y me contesta de inmediato. A los pocos segundos, dejo de verla a ella y lo que veo ahora es una presentación en PowerPoint. En la primera diapositiva, un mapa en Google Maps con varias paradas. Esa misma imagen la he visto antes, cada vez que Clara organizaba un viaje y señalaba todos los sitios por los que pasaríamos. El terreno, sin embargo, no me resulta familiar. Por las dimensiones y la forma, adivino que no se trata de la península ibérica, sino de un lugar remoto, todavía desconocido, un terreno por conquistar. En la siguiente página, hay un calendario con varias fechas señaladas. Corresponde al próximo verano, el de 2024. Sigue pasando y aparecen fotografías de aulas, salas de eventos, librerías, y también alguna región natural.

—¿Qué te parece? Ya lo tenemos todo listo para la gira de verano por Latinoamérica. Solo falta comprar los vuelos.

Una vez soltada la bomba, empieza con la explicación detallada del itinerario: los tres países y las ocho ciudades que visitaremos, los institutos, la librería más importante de Colombia, las salas con un aforo de doscientas personas que amenazamos con llenar. Incluso menciona que allí será invierno, por lo que escaparemos del calor. Yo escucho, absorta, con la cara contraída y los ojos como platos. Hago cálculos. Si no interrumpiese esto, a finales de junio estaría de siete meses y en julio de ocho. Me imagino apareciendo con un bombo enorme en los eventos, torpe, mientras el público se ríe de mi dificultad de movimiento. ¿Qué haré si me entran náuseas en el trayecto en avión? ¿A quién pediré ayuda si tengo las primeras contracciones durante una entrevista? ¿Cómo me justificaré si el miedo a ponerme de parto en cualquier momento no me deja ser yo? Es más, ¿podré, simplemente, volar sin que la compañía requiera algo más que una autorización de mi ginecóloga?

—¿Qué te parece? ¿Te gusta? Es genial, ¿verdad?

Quiero contárselo. Decirle que no sé si será posible. Que su trabajo es increíble y supera cualquier expectativa que yo hubiera podido tener. Que valoro enormemente el tiempo y el entusiasmo con el que lo ha preparado todo, pero que tengo malas noticias. Puede que la gira tenga que esperar.

—Falta matizar algunas cosas. En un par de semanas te pediremos todos los datos para los vuelos. ¡Y ya estaría!

Un par de semanas. Ese es el tiempo que tengo para decidirme.

Ahora la veo a ella, a sus ojitos pequeños rebosantes de ilusión, sus manos diminutas moviéndose al compás de su explicación. Quiero darle las gracias, decirle que es lo más ambicioso que alguien haya pensado para mí. Por el contrario, permanezco boquiabierta, como si hubiera visto un fantasma. Como si estuviese reproduciendo un sueño que sé que nunca será mío.

Lo vuelve a pasar desde el principio. El mapa, el calendario, las fotos. Nunca una cúspide había sido tan alcanzable. Una parte de mí sabe que no subirá.

7

Indicios

Llevo dos semanas sin hacer la compra. Todo lo que no sea trabajar y estar encerrada me produce una pereza tremenda. Se está tan bien aquí en casa, refugiada en mi propia incomodidad, entregada al vicio de escribir. Si por mí fuera, hoy me acostaría temprano, pero esta semana Biel está teletrabajando en Valencia y me ha dicho que, si no termina muy tarde, vendrá a casa a ver una película. Hago el esfuerzo de esperarlo despierta, pero el número de bostezos por minuto va *in crescendo*.

Trato de matar el tiempo poniendo palabras a mis sentimientos: *Soy / una evidencia rodeada de incógnitas: / la alternativa a la opción única, / un mal papel a ojos de quién.* Presiento que, pase lo que pase, todo esto permanecerá conmigo de alguna manera: *Ya nunca más revolotearán solas / las mariposas de mi estómago.* Sigo anclada al desconcierto: *El bloqueo en fase REM. / La partitura del latido / de fondo / marcando el ritmo...* El sonido del timbre me arranca del éxtasis de la escritura.

—Cada día estás más guapa —me saluda Biel.

—¡Qué dices! Pero si por poco no me pillas dormida.

—Te lo juro, tienes un brillo especial en la cara —manifiesta, entre sorprendido y embobado.

—Anda, vamos a la cama, la peli la dejamos para otro día. —Lo cojo de la mano y lo dirijo hacia la habitación, sé que, si ponemos la película, no aguantaré más de diez minutos despierta.

—Espera, tengo que cenar.

—¿No has cenado todavía?

—Si cenaba, no llegaba aquí hasta las diez.

—Bien hecho, pues. Solo hay un problema, y es que no tengo nada en la nevera. Si me lo hubieras dicho...

—¿No tienes nada de nada?

—Qué va, pensaba hacer la compra mañana. ¡Bueno! Hay lentejas en el congelador que hice el fin de semana. ¿Te las descongelo?

—Sí, perfecto, yo me encargo. —Biel se sirve a sí mismo. Abre la nevera y comprueba que, efectivamente, está vacía. Saca una Coca-Cola por sacar algo.

—¿Los famosos no tenéis tiempo ni de ir a comprar? —vacila.

—¿Famosa? ¡Venga ya! No es nada de eso. Están siendo días de mucho trabajo; además, casi nunca como en casa.

—Estos días que estoy pasando con mis padres he recordado el lujo que era vivir con ellos, estoy comiendo mejor que nunca —cuenta Biel mientras revisa la despensa a ver qué tengo por ahí. Al parecer, las lentejas solo le parecen poca cosa.

—Yo es que estoy acostumbrada, en mi casa tuve que cocinarme yo siempre... —No lo hago a propósito, pero cuando se trata de estos temas me veo obligada a llevar la contraria.

—Veo que estás escribiendo mucho. —Se refiere a mi actividad en Instagram.

Repaso el comedor de un vistazo y observo que he dejado folios esparcidos por todo el sofá. ¡No me acordaba! Me los he dejado ahí después de comer. Corro a recogerlos, como si ocultasen un secreto y él estuviese a punto de descubrirlo.

—Yo veo que estás más activo que nunca en redes sociales —contraataco, devolviendo la pelota, haciendo alusión al primer comentario recibido de Biel en tantos años de relación.

—Estoy atento a lo que pones tú. Ya tocaba, ¿no? Me arrepiento de no haber estado más avispado todos estos años.

Aunque no encajo ese comentario, asiento; él mete el plato de lentejas en el microondas y lo programa un minuto y medio.

—¿A qué te refieres? —Fijo la vista en la cuenta atrás del microondas.

—Leí el libro, Rey.

—¡Ah, qué bien! ¿Y te gustó?

—Sí, lo sé todo.

—¿Qué quieres decir?

—Que sé todo lo que sientes... sentías, al menos.

—¿Lo que sentía?

—Sé que me querías, que te lo negabas a ti misma, que te dolió mucho mi marcha, tanto que tuviste que plasmarlo en un libro para no ahogarte...

—A ver... —Cojo aire, estoy completamente en *shock*.

—Tranquila, no tienes que decir nada. Es normal, te entiendo, era muy difícil gestionar todo lo que llevabas encima, yo no lo habría digerido mejor —dice, como en un acto de compasión, mientras abre una lata de atún y con ayuda de un tenedor lo echa en el plato de lentejas. ¡Lentejas con atún! Veo cómo los cachitos se deshacen en la temperatura de las lentejas. Lentejas con chorizo (carne) y con atún (pescado). ¡Qué asco! Me entran unas ganas tremendas de vomitar y no consigo llegar al baño. Vomito en el pasillo.

—Perdóname, Rey, quizá no tenía que haber sido tan directo —brama Biel mientras me sujeta el pelo con una mano y con la otra intenta ayudarme a llegar al baño—. ¡Perdóname!

—No es eso, no es eso. —Apenas puedo hablar porque una nueva arcada sube por mi faringe.

—Tendría que haber disimulado, haberme hecho el tonto. Perdona, Rey, no tiene que ser agradable que te recuerden lo mal que lo has pasado. Ahora ya está, ya pasó, estoy aquí, dispuesto a llegar a donde tú quieras.

Vuelvo a vomitar, esta vez en el lavabo. El desconcierto ante lo que está diciendo contribuye a la náusea. No sé a qué viene todo esto... Le pido que me deje unos minutos sola. Él accede. Termino de vomitar, pero el mareo no cesa.

Me lavo los dientes y le digo que ya es hora de ir a la cama —son las once—; estoy sumamente cansada, mareada y confundida.

—Mañana será otro día —concluye.

Eso pienso yo.

8

SINCERICIDIO

«Quería ser escritora, pero primero tenía que vivir», decía Muriel Spark en el póster que colgaba de la pared de mi dormitorio durante todos los años que viví en casa de mis padres. Algo similar a esa cita sentía yo cuando era niña. Me gustaba jugar a escribir, pero creía no tener nada que contar, todavía.

Para ser escritor hay que tener dos cosas: algo que decir y gracia para contarlo. Desde que supe que quería ser escritora, empecé a desear que me pasasen cosas. Parte de culpa la tiene la lectura: en el placer de leer, el peligro de no conformarse con la propia vida. Podemos verlo reflejado en el clásico *Madame Bovary*, sin ir más lejos. Sentía que a todo el mundo le sucedían cosas interesantes mientras yo vivía una vida tranquila. Era una buena estudiante, con amigos de toda clase, una niña avispada y muy independiente para su edad, pero sin material sobre el que mereciese la pena escribir.

Fantaseaba con meterme en líos, ser rebelde, salir a donde no me dejaran, juntarme con quien no debía, llegar a casa más tarde de lo pactado... Leía a poetas contemporáneas, atormentadas con su vida, con tantos problemas como deseos innombrables. Envidiaba sus vidas, tan complicadas y rebosantes de emociones. ¿Por qué la mía no era ni la mitad de interesante?

Acababa de entrar en la pubertad cuando leí el discurso que escribió Wislawa Szymborska al recibir el Premio Nobel en 1996. Recuerdo ese momento como si fuera ayer. Estaba sola en casa y mi padre lo había dejado impreso en la mesa de su despacho antes de irse a trabajar, supongo que para leerlo después.

Lo cogí, más por cotilleo que por curiosidad. Empecé a leerlo de pie e inmediatamente me senté en el puf donde él solía leer. No recuerdo cuántos minutos pasaron, lo que no podré olvidar —todavía lo siento al revivir el momento— es el cosquilleo que me recorrió el cuerpo cuando leí este párrafo:

> La inspiración no es privilegio exclusivo de los poetas ni de los artistas en general. Hay, hubo, habrá siempre un número de personas en quienes de vez en cuando se despierta la inspiración. A este grupo pertenecen los que escogen su trabajo y lo cumplen con amor e imaginación. Hay médicos así, hay maestros, hay también jardineros y centenares de oficios más. Su trabajo puede ser una aventura sin fin, a condición de que sepan encontrar en él nuevos desafíos cada vez. Sin importar

> los esfuerzos y fracasos, su inquietud no desfallece. De cada problema resuelto surge un enjambre de nuevas preguntas. La inspiración, cualquier cosa que sea, nace de un perpetuo «no lo sé».

Fue mi primer encuentro con la palabra *inspiración*, el primero de tantos. En aquel momento descubrí que la duda es la semilla de cualquier reflexión. *No sé*, la frase que tanto había temido pronunciar se convirtió entonces en la respuesta perfecta.

Ese día también conocí a las famosas Musas. He indagado mucho posteriormente sobre ellas. Ahora sé que no son divinidades ni mujeres pintadas sobre lienzo. Su aspecto es más bien el de una mosca que orbita sin cesar alrededor de tu cabeza. Su presencia provoca frustración y jaqueca. Genera malestar y mal humor, hasta que sucede la magia: escribes, sueltas lo que te estabas guardando y el estupor desaparece.

Hay un tiempo para desear que las cosas sucedan y otro para ver cómo suceden. Cuando empiezan a pasar, ya no hay quién las pare. Es una detrás de otra. Sin miedo, sin compasión. Quieres pisar el freno, presionar el botón de «pause», pero ya es demasiado tarde porque el destino es caprichoso y hay que pensárselo bien antes de ambicionar algo desde las entrañas. Ya lo decía mi abuela: ten cuidado con lo que deseas...

9

Olga Fuster II

—Me atrevería a decir que te sienta bien el embarazo.

—¡Otra que tal! ¿De verdad lo piensas?

—Te lo juro. Tienes un brillo especial.

—¡Vaya por Dios! Biel me dijo lo mismo el otro día... —termino la frase con una sonrisa torcida—. ¡Espera! ¿Eso significa que se me nota?

—No, tranquila, en absoluto. Es tu piel, que transpira diferente.

—No me asustes así, que no estoy para más disgustos. Ahora resulta que Biel piensa que he estado todo este tiempo enamorada de él.

—¿Cómo? ¿De veras?

—No, no, es porque ha leído mi libro.

—¿Y en el libro cuentas que lo quieres?

—Un poeta nunca piensa lo que escribe, simplemente lo hace.

—Pero... ¿en el libro hablas de él?

—Sí, claro, hablo de mí. ¿Cómo no iba a hablar de él? —La duda me ofende—. Lo escribí estando muy vulnerable. Me sentía sola desde la muerte de mi padre, y que él se fuera a Madrid fue lo que me faltaba para terminar de sentirme sola. Supongo que todo eso se ve reflejado en el libro. Y, ya sabes, la exageración poética...

—Pero ¿qué es exactamente lo que pone para que él haya llegado a pensar eso?

—¡Yo qué sé! A saber...

—¿No sabes lo que has escrito?

—Yo suelto lo que siento en el momento, y luego que cada uno se apañe.

—Deberías hacer el ejercicio de leer tu propio libro.

—Imposible, no estoy preparada. Uno de los motivos por los que escribo es para dejar atrás el dolor, no serviría de nada si me regocijo en él...

—No tienes por qué regocijarse. Simplemente leerlo. Leerte. Mirar atrás y ver por todo lo que has pasado, todo lo que has superado para estar hoy aquí.

—Ya veremos. Para más inri, está convencido de que vamos a estar juntos, que ya nada nos frena...

—¿Os estáis viendo? ¿Le has contado ya lo del embarazo?

—Nos vemos de vez en cuando, estas últimas semanas con más frecuencia porque ha estado teletrabajando en Valencia, ya que están haciendo cambios en su empresa. Y no, no se lo he contado ni pienso hacerlo.

—Supongo que eso significa que has decidido que no quieres tenerlo.

—Es lo más probable.

—¿A qué esperas para tomar una decisión? El tiempo pasa...

—Ya, ya lo sé, créeme que lo sé. No sé, hay algo dentro de mí que me ralentiza.

—Con lo impulsiva que has sido siempre...

—Tengo bastante claro que no es lo que quiero para mi vida ahora mismo. Pero no puedo evitar cuestionarme... ¿Y si todo esto ha pasado por algo? ¿Y si es la señal para ser madre?

—Te recomiendo hacer una lista de pros y contras. Te ayudará a valorar tu situación y ver realmente qué es lo que quieres. Y, respecto a Biel, quizá deberías hablar con él y aclararle las cosas...

—¿Sabes qué? No sé si es culpa de mi flaqueza actual o de que necesito más cariño que nunca, pero creo, por primera vez, que funcionaríamos como pareja, incluso como padres.

—Podríamos pasarle un test de personalidad para ver qué tal sería como padre, ¿te imaginas? —bromea Olga.

—No creas que no lo he pensado —confieso, entreabriendo—. Hay algo distinto en él..., como un gran instinto de cuidarme.

—A ver que me aclare... ¿Te estás planteando estar con él?

—No estoy convencida, pero no descarto la idea de intentarlo. De repente tengo cierta disposición afectiva hacia él. De todas formas, no termino de confiar: ni en él, que por momentos siento que me está vendiendo la moto, ni en mí, que puede que solo esté dejándome querer.

—De alguna manera os habéis querido siempre.

—De varias, sí.

—En cualquier caso, deberías contárselo, si se entera por su cuenta será peor.

—No puedo, no quiero meterlo en un lío así. Que sienta pena, o que sirva como precedente para tener que estar juntos...

—A ti lo que te pasa es que tienes miedo de contárselo y que se aleje.

—¡En absoluto!

—Rey, por muy entregado que se muestre ahora, Biel no deja de ser un hombre que, como la gran mayoría, teme a los compromisos y a las responsabilidades. Admítelo, te acojona decírselo y que su reacción no sea la que esperas.

—No es así, de verdad. Es solo que quiero tomar la decisión por mi cuenta.

—Claro, ahora tienes la libertad de poder decidir si quieres tenerlo o no, y, en caso positivo, de si quieres hacerlo con él o por tu cuenta. Si él te dijese que no está dispuesto a hacerse cargo, eliminaríamos una de las opciones y ya solo te quedarían dos, y eso te da miedo.

—Puede ser..., pero Biel es un caballero, me apoyaría en cualquiera de mis decisiones.

—Entonces, díselo. Mereces que él esté a tu lado, decidas lo que decidas.

10

Balanza

Meto las llaves en la cerradura sintiendo el alivio de llegar por fin a casa. Ha sido una jornada muy tranquila, demasiado. No sé cuántas veces he mirado la hora para ver cuánto faltaba para terminar el turno. El aburrimiento va adquiriendo la tonalidad de las cosas que no ayudan. Prefiero los días moviditos, en los que no te da tiempo ni a pensar en que esta mañana te has ido de casa sin regar las plantas del balcón.

Cuando termino de comer, elaboro una lista con los pros y los contras de la maternidad, tal y como solemos recomendar en terapia. No quiero pasar ningún punto por alto a la hora de tomar la decisión. Empiezo por lo segundo, que me resulta más fácil:

Contras:
Soy muy egoísta.
Me gusta dormir del tirón.
No me gusta que nadie dependa de mí.
No tengo pareja.
Si tuviera pareja, esto dificultaría la relación.

Nadie quiere estar con alguien que tiene un hijo.
No cuento con la ayuda de mis padres.
Me gusta viajar.
Es el peor momento para esto.
Terminaría con mi vida social.
Estoy en el mejor momento de mi carrera.
Me niego a estancarme profesionalmente.
No puedo poner mi salud mental en juego.
Me gusta improvisar.
Es difícil de compaginar con mi carrera de escritora.
Me gustan los niños, siempre que sean de los demás.
No sé vivir sin vino ni *sushi*.
No estoy preparada.

Pros:
Vivo sola.
Mi casa tiene tres tres habitaciones.
Estoy formada al respecto.
Tengo un horario fijo.
Tengo solvencia económica.
Podría disponer de la baja por maternidad
Confío en los planes que tiene la vida para mí.
Tengo cierta paciencia con los niños.
Nunca es el mejor momento.
Soy joven y tengo mucha energía.
Clara podría echarme una mano.
No necesito tener mucha vida social.

Dicen que es el amor más grande del mundo.
Solo serían nueve meses sin vino ni *sushi*.
No todos los días una empieza algo que no acaba.
Me adapto fácilmente a los cambios.

Dejo el lápiz sobre la mesa y leo la lista. Primero los contras, luego los pros. Creía que lo tenía claro. Pero está bastante reñida la cosa.

11

Primavera

Algo dentro de mí me dice que lo que llevo dentro es una niña, papá. Lo he descubierto gracias a ti, te voy a contar cómo: llevaba varios días rondándome la cabeza el poema de Antonio Machado que tanto te gustaba: *La primavera ha venido / nadie sabe cómo ha sido*. Lo recitaba en casa, en el trabajo... Anoche me puse a indagar sobre la primavera, a ver por qué la mayoría de las flores la eligen para florecer. ¡Me he dado cuenta de que lo que llevo dentro es una flor! Esta flor ya ha sido polinizada. Ahora apenas es un conjunto de células pluripotentes que crecerán durante los próximos meses y formarán el capullo. Para cuando florezca, será primavera. Ya habrá madurado y tendrá que crecer, despertar sus rasgos, su carácter. Marcará el inicio de una nueva estación. Dirá «¡ya!», y entonces brotarán las flores, florecerá la alegría. Lo que guardo dentro de mí es una primavera condensada. ¡Es una flor, papá! Florecerá en primavera.

No descarto que el embarazo altere el aroma natural del cuerpo. La última noche que nos vimos sucedió algo peculiar: estábamos tumbados en la cama, Biel hundió su cara en el hueco de mi cuello, y aspiró mi perfume.

—¿Estás viéndote con alguien más?

Negué con la cabeza, con la risa escapándose entre los agujeros de mis dientes, tímida. Me giré hacia él y le sonreí. Me dieron ganas de decirle «si tú supieras...», pero en lugar de eso me conformé con infundirle seguridad con un abrazo y musitar:

—No hay nadie más.

Respiró profundamente, se incorporó con cierto tambaleo, sentándose sobre la almohada y apoyando la cabeza en el cabezal. Cuando el estupor le dio tregua, habló:

—Están haciendo remodelaciones en la plantilla. Es posible que me trasladen, creo que quieren que ocupe el puesto de encargado en Valencia.

Sabía lo que quería decir con eso. No había dicho nada más. No había formulado una proposición, ni media. Sin embargo, esa afirmación encerraba un sinfín de preguntas. Tenía que decidir en ese momento qué camino tomar. Si lo animaba a que pidiera el traslado, ¿estaba accediendo a la propuesta implícita de estar juntos? ¿Lo estaba invitando a compartir piso? ¿Estaba firmando un compromiso del que él no conocía la letra pequeña? Por el contrario, si elegía la otra opción, la de hacerle creer que no era una buena idea, que estaba perfectamente acomodado en Madrid y no debía jugar con su estabilidad, ¿estaba cerrándole las puertas a la relación?:

—¿Y qué has pensado hacer? —Opté por pasarle la pelota.

—Todavía nada, es solo una suposición mía. ¿Te gustaría que me trasladasen?

—Influir en una decisión tan personal es mucha responsabilidad para mí, Biel... —No pude terminar la frase porque me interrumpió:

—Sabes que no soy de dejar pasar las oportunidades —dijo. Justo lo que me temía—. No me parece casualidad que esto ocurra justo ahora que estamos así.

—¿Así cómo? —lo interrogué.

—Es la vez que más cerca estamos de convertirnos en una pareja de verdad. ¿Tú no lo ves así?

—Puede ser —me limité a decir.

Y no dije nada más. Porque tenía razón. Yo misma lo veía factible y me lo estaba planteando. Pero no dependía solo de mí, ni de nosotros. No era el momento de pensar en eso. Tenía que ganar tiempo. Había alguien más, una tercera persona en la ecuación, y eso todavía no podía contárselo.

Me quedé callada mirando el suéter naranja de pico que llevaba puesto. Dejaba adivinar algo de desnudez en el escote. El encaje del sujetador se asomaba, tímidamente. No cabía duda de que me había crecido el pecho.

Decepcionado con mi silencio, se levantó e hizo el amago de irse. Lo seguí para besarlo apasionadamente y le pedí silencio poniendo el dedo índice en sus labios. Quería hacerle entender que este no era el momento para hablar de eso. Debió de funcionar porque posó su mano sobre mi muslo y me acarició la piel, despacito, transportándome a algún lugar prohibido del imaginario. Estaba fantaseando con una vida en común. Me preguntaba si sería capaz de ir con él por la calle de la mano, acudir en su compañía a los distintos eventos sociales presentándolo como el padre de mi futuro hijo o hija. Con mis amigos, no supondría un problema. Casi todos lo conocen, se interesan continuamente por él. A algunos, incluso, les cae mejor que yo. Pienso en cómo procederíamos a darles la noticia. Supongo que los reuniríamos a todos para decirles: «¡Sorpresa! Vamos a ser papás». Y congelaríamos las reacciones de susto y desconcierto.

El camino de su mano hasta mi sexo se hace interminable. Una especie de castigo por mi silencio. Retira con un dedo las braguitas, y coloca otro sobre mi piel, húmeda y carnosa, que ha reconocido su tacto y se abre a su paso. Una corriente eléctrica recorre mi vientre. Le coloco la otra mano sobre el estrecho que separa mis dos senos, incitándolo a que me los acaricie. No existe mayor placer para una mujer embarazada que alguien acariciándole los pechos. Pican todo el tiempo. Me desabrocha el sujetador y se entrega a mis deseos con delicadeza: primero, con un dedo, orbitando alrededor del pezón —reservado este para la exclusividad de la lengua—, y después, con la mano entera, gozando de la dificultad de abarcar el perímetro completo de la carne.

Quiero disuadirlo de sus juicios. Sé cómo hacerlo. Busco su miembro entre las arrugas de las sábanas. Es más fácil de lo que creía: está erecto. Me arrodillo sobre la cama y acerco mi aliento hacia él. Lo tomo de arriba abajo y con suavidad. Quiero dejarlo totalmente extenuado, sin que pueda mediar palabra. Y conozco el camino. Me agarra la cabeza para guiar mis movimientos, aúlla de placer. Alarga el primer gemido mandándome la señal de que suba la velocidad. Todavía tiene la mano sobre mi pecho derecho, cuyo pezón se endurece al compás de su erección. Sigue gimiendo, cada vez con más ímpetu. Está a punto de explotar, lo anuncian las papilas gustativas de mi lengua. En el instante antes del espasmo, cuando la batalla parece librada y la victoria en mi bando, lo grita:

—Te quiero, joder. Quiero tener hijos contigo.

12

HACER SALTAR EL *AIRBAG*

Llega una edad en la que uno se deja de tonterías y empieza a plantearse qué quiere en su futuro. Formar una familia, tener una mujer e hijos. Piensa en que va llegando la hora de decantarse por alguien. Y es ahí donde se da cuenta de que ya es demasiado tarde, quizá, para conocer a nadie desde cero. Busca en su galería de fotos, en sus contactos, quién podría ser la mujer de su vida. Si algo sabe es que la ha conocido ya. De repente, aparece su nombre y lo ve claro. Esa es la persona, siempre lo ha sido, aquella con quien entenderse el resto de la vida será pan comido, pues ha pasado con ella por muchas cosas. Se da cuenta de que es ella. De que siempre fue ella. La tenía justo delante y no quiso verla.

Repaso con el dedo índice los bordes —ya irregulares por el uso— del poemario en cuestión. *Madrid*. Raquel Ortiz. Premio Nacional de Poesía Joven 2023. «Por qué no te leí antes —le pregunto al libro—. Por qué». El cráneo hundido en el hueco entre las dos almohadas de mi cama parece no albergar la respuesta.

Las piezas del puzle no encajan, me falta información por todos lados. Se tiene que haber caído alguna, fijo. Debe haberse colado por una rendija, o quizá ha desaparecido en la oscuridad frondosa de la alcantarilla. Sea como sea, creo que se me está ocultando algo. Estoy a punto de ahogarme en este vacío legal. En fin, creo que me estoy volviendo loco.

Estaba atravesando un buen momento, tanto a nivel personal como profesional, hasta el día en que Raquel y yo volvimos a vernos. Pero no fue ese el punto de inflexión: el problema vino cuando quiso que leyera su libro e insistió. Para asegurarse, ella misma me lo regaló. Cometió la imprudencia de mostrarme toda la verdad, de dejar que la leyera con mis ojos. Que fuera consciente de todo aquello por lo que había pasado durante mi ausencia, de la lesión que mi mudanza había causado en nuestra relación, del verdadero desencadenante de nuestro distanciamiento.

Desde ese momento, siento que ni Madrid es mi sitio ni la soledad, mi tregua. ¡La he querido siempre! ¡Qué fallo! Tenía la respuesta ante mis narices, en todos y cada uno de los escaparates de las librerías de la ciudad, y la había pasado por alto. Cuando mis colegas me preguntaban por qué no estábamos juntos, me sobraban ideas para inventar excusas, absurdas porque no había querido mirar la realidad de frente: si no fui capaz de pelear por ella fue por el miedo al rechazo. Porque sí que me gustaba de verdad.

Todavía no sabe lo que soy capaz de hacer por recuperarla. Lo sabe mi jefa, a quien llamé la mañana siguiente exponiéndole la situación. Le dije que necesitaba estar cerca de ella y me dijo que lo tendría en cuenta; lo sabe mi madre, a quien le pedí de inmediato que dejara de utilizar mi habitación como cuarto de la plancha, pues la necesitaba disponible, al menos durante los próximos meses, por unos asuntos sentimentales que tenía que resolver; lo sabe Amanda, a quien estaba conociendo, hasta que la llamé disculpándome porque no podía ser, porque había otra, porque siempre la hubo. No a la vez, claro que no. Antes, de fondo. De serie. Por si fuera poco, la hice partícipe de nuestra historia con una emoción que franqueaba el umbral del ridículo. No pude evitarlo.

Me lancé a la conquista. Cualquier cosa que tuviese que hacer para recuperarla me parecía un mero trámite. Empezamos a vernos más frecuentemente: al principio, cuando yo iba los fines de semana; después, también entre semana porque me estaban dejando teletrabajar ocasionalmente. Parecía que nuestra relación iba a más, que se estaba afianzando, hasta que le eché huevos y le dije que lo sabía todo. Que había leído el libro y descubierto lo que me había estado ocultando todo este tiempo. No es que esperase que se agarrase a mis mejillas y me plantase un morreo como en las películas, pero su reacción me descolocó por completo. No pronunció palabra. No hizo gesto alguno. Decidí dejarlo pasar, darle tiempo para que procesara la información, pero la cosa no mejoró los días siguientes. Y aquí sigo, sin respuestas.

Dani me ha aconsejado que esté atento a sus redes sociales, pues últimamente publica con mayor frecuencia. Trato de encontrar respuestas en los textos que comparte en Instagram y en X, pues si algo sé es que es impulsiva por naturaleza, siempre escribe en caliente.

Cojo libreta y boli y repaso uno de sus últimos *posts*. Habla de la llegada de alguien a su vida: *Tu llegada empaña mi horizonte de preguntas. / No digas nada, / que te veo venir —al mundo— / y te intuyo / sencilla y complicada, / como la trama de una novela / escrita por una mujer.* ¿Habrá aparecido alguien? Hay algo que me descoloca y es que habla en femenino. Hasta donde yo sé, es heterosexual. Pero nunca se sabe.

Salto al siguiente texto: *Por jugar con fuego / te colaste en mis entrañas*. Ahora sí que me quedo muerto. Parece insinuar que el roce hizo el cariño y traspasó el límite. ¿Será aquel compañero de trabajo con el que me contó que tuvo un lío? *Dos poemas después / el mismo viento me eriza la piel de los brazos. / La naturaleza es sabia: / savia bruta que dará fruto a las hojas / —que juntas vamos a escribir—.*

¡Juntas! Ha dicho juntas. Se confirma mi teoría, ¡¡¡es una chica!!! Está empezando algo con una chica.

¿Habrán dejado de atraerle los hombres y no sabrá cómo gestionarlo? No creo, porque cuando está conmigo se pone cachonda... ¿Será bisexual? Quizá está en una etapa de descubrimiento de sí misma de la que ni ella misma puede dar respuestas todavía. Igual es por eso que está tan rara...

Sí que es cierto que, últimamente, cuando la toco o la beso, a veces se pone tensa. Me frena en seco y me dice que tenga cuidado. Igual es que se está rayando. Sin embargo, luego se entrega como la que más, abandonada al placer, servil, conciliadora. Me resulta todo tan extraño. Quién sabe. Igual no tendría que haberle dicho nada.

13

Prueba y error

—Dime una cosa. ¿Siempre supiste que Roberto era el hombre de tu vida? —Últimamente le lanzo preguntas que parecen dardos.

Clara me ha invitado hoy a dormir en su casa. Su marido viaja por trabajo y no quiere dormir sola con el niño. He ido al salir de trabajar, lo hemos bañado y acostado entre las dos, y ahora está eligiendo una película para ver juntas en Netflix mientras yo no dejo de darle vueltas al coco.

—Nunca me he preguntado si lo era o no, supongo que eso es buena señal.

—Supongo.

—Tenía claro que quería ser madre, formar una familia. Y cuando una tiene claro su objetivo, va eligiendo los caminos que le acercan a él. Desde que di con Roberto, supe que a su lado mis planes eran factibles.

—¿Nunca te has preguntado qué habría pasado si en vez de Roberto hubiera sido otro?

—¡Claro que no!

—¿No te da vértigo no haber probado otro varón?

—Todo lo contrario, me siento afortunada. Hay quien se pasa toda la vida saltando de pareja en pareja hasta que da con la adecuada, o no. Es un ensayo de prueba y error. En nuestro caso, tenemos un cien por cien de acierto.

—Nadie puede decir que su fruta favorita es el mango si no ha probado otra, ¿no crees?

—Cada uno tiene una forma de verlo y todas están bien. Yo estoy contenta con lo que he elegido.

—Me alegro entonces. —Me resigno. Es ponerme a indagar un poco y ya no se puede hablar con ella.

—De todas formas, el amor cambia mucho —prosigue sin ánimo de abandonar el tema.

—¿Qué quieres decir con eso? —Esa frase ha despertado mi repentino interés.

—Cuando llegan los niños, la pareja se esfuma y pasa a segundo plano. Ya no te centras tanto en el bienestar de la relación, sino en la unión familiar.

—¿Y el amor sigue?

—El amor sí. Todo lo demás supone un esfuerzo: el deseo, los planes de pareja...

—¿De veras? —Me sorprende que precisamente lo más atractivo pueda volverse complicado.

—Completamente. La gente piensa que a mí me cuesta mucho orientar mis prioridades hacia Marc, dedicarle tanto tiempo, pensar todo el día en él y en lo que necesita. Que me gustaría invertir ese tiempo en estar de bares, hacer escapadas con amigos, o pasarme el día pegada al televisor absorbiendo información que mejore mi vida. Pero no es así, es todo lo contrario: el amor por el hijo es lo natural, lo que nace del instinto. Lo que supone un esfuerzo es amar a la pareja, prestar atención a tus amigos, a tus padres, interesarte por el resto del mundo. Eso es lo que cuesta. Lo otro no requiere el menor esfuerzo.

—Qué interesante es esto que dices, nunca lo había visto así. Cuánta sabiduría hay en tus palabras, Clara.

—Al menos así es como yo lo vivo. —Sonríe, orgullosa de mi cumplido.

Acerca la mano a la mesa para coger el mando y coloca el bol de palomitas con mantequilla en el sofá entre las dos. Suficiente intensidad por hoy. Las conversaciones profundas le gustan lo justito. No le gusta hablar de ella. Quiere darle al «play» y perderse en la vida de otro.

—¿Crees que estoy preparada? —No puedo evitar reanudar el tema.

—¿Preparada? ¿Para qué? —Se hace la sueca, creo.

—¿Para qué va a ser? Para ser madre.

—Amiga, eso solo lo sabe una misma...

—Es que por un lado me gustaría, ¿sabes?, conocer ese amor incondicional e incomparable del que hablas. Sentirlo. Palparlo. Tener a alguien con quien hablar el resto de mi vida. Lo que no me apetece nada es cambiar pañales, calmar el llanto, perder horas de sueño...

—No sabes lo importante que es el sueño hasta que te lo quitan...

—Yo estoy acostumbrada a dormir a deshoras, Clara. ¿No ves que soy escritora?

—Rey, yo estoy hecha para ser madre. Estaba programada para ello. Era mi aspiración en la vida. Sin embargo, a menudo me supera, me agoto. —Es la primera vez que la escucho sincerarse así—. A veces quiero mandarlo todo a la mierda. Sí, yo, que por encima de todo en la vida quería ser madre. Imagínate quien no lo tiene del todo claro...

—Tienes razón, esto no está hecho para mí. Perdón, pon la peli.

14

Madre

Ser madre no es dar vida. Ser madre es mucho más. Si «solo» fuese dar vida —soportar durante nueve meses un cuerpo ajeno creciendo en las entrañas y empujarlo a la vida con intenso dolor—, cualquiera podría ser madre. O no. Pero nada más lejos.

Ser madre es condenarse de por vida a ser madre. Llegar tarde a todo, a todo lo que antes se vestía de importante. Y no pedir perdón. Ser madre es pasar a segundo plano para los de fuera, los de dentro, incluso para ti misma. Ser madre es perderle el miedo a la improvisación. Desconocer el camino e inventarlo con implacable seguridad. Tiene que ser por ahí. Sacar la fuerza adelante mirando atrás. Porque sí, que no os engañen. Ser madre es mirar atrás continuamente. Que la nostalgia no nos salpique de culpa. Quedarse en el punto entre anhelar la vida de antes y por nada del mundo querer volver ahí.

Ver cómo te autoflagelas mientras te tachan de superpoderosa. Poder con todo menos contigo misma. Convertirte en la contraria de la que fuiste, en la amiga que no querrías tener. Estar dispuesta a dudar de todo lo que antes dabas por sentado. No tener miedo a cambiar de opinión. Cada cinco minutos.

Nombrarte madre implica apellidarte Débil, Incapaz, Insuficiente. Sentir que no vales, que no sabes, que no puedes. Resignarte. Volver a intentarlo.

Ser madre es aprender a perder. Perder la salud, los amigos por el camino, las costumbres, las ambiciones, las oportunidades... Llevar un reloj biológico en la muñeca que te recuerda que nunca es buen momento para nada, y que tienes que hacerlo igualmente. Pasar del llanto a la risa como del comedor a la cocina. Y que el resultado de todo esto siga siendo ganar.

Descubrirte obsesiva, hipocondriaca, fanática de la soledad y del silencio. De los imposibles. Aprender a delegar y que no delegar es morir.

Ser madre es acceder a olvidar. No el dolor del parto, sino todo lo demás. Olvidar cómo te relacionabas, con quién te entendías. Soltar el cuerpo que habitabas antes. Olvidar que no se habla con desconocidos, por mucho que repitas que no se habla con desconocidos. Saber que la nostalgia es la única que permanecerá a tu lado, te pongas como te pongas.

Ser madre es declararte vulnerable. Hacer del conjunto de su ser tu punto débil. Saber que no es la herida propia la que escuece. Tropezarte con el miedo a que esa persona se tropiece. Caer. Dejar caer. Levantarte. Enseñarle a levantarse.

Ser madre no es perder la libertad, es resignificarla. Tener la valentía de reinventarte como persona. De volver a conocerte. De dejar de ser aquello que te definía cuando las circunstancias eran otras. No tener miedo a convertirte de la noche a la mañana en una desconocida.

Ser madre es amar la dependencia y educar en la independencia. Apostar por una individualidad que no es la propia. Dejar espacio. Poner límites. Decir no. Condenarte a que repitan tus errores, a que los perfeccionen. Estar ahí lo justo, lo necesario, lo esencial. Advertir sin agobiar. Educar sin imponer. Dar oportunidades. Alas. Bajar a tierra cuando sea necesario. Tener conversaciones incómodas. Tirar la toalla con según qué temas. Dejar hacer. Dejar ser. Sellar su perímetro de intimidad. No entrar sin llamar, no invadirlo. Saber dónde acaba la honestidad y empieza el entrometimiento. Hablar bajito por las mañanas. Sacrificar la noche. Pasar las únicas horas en las que duerme mirando sus fotos. Volcar toda tu creatividad en hacerle reír.

Y lo digo yo, que ni siquiera sé si quiero ser madre.

15

Olga Fuster III

—¿Y si fueran los niños quienes eligieran a sus padres? Que pensaran: «De esa unión, quiero salir yo. Y como no sé si va a volver a suceder en algún momento, me cuelo ahora. En este acto sexual, en esta minúscula probabilidad». ¿Te lo has planteado?

—Lo he pensado miles de veces. Si algo tengo claro es que Biel y yo juntos seríamos unos padrazos. Siempre hemos hecho un buen equipo. No sería raro que alguien nos eligiera si es que puede decirse así.

—Veo que cada vez tienes menos clara tu decisión —observa Olga, con la razón de su parte.

—Estoy preparando la gira promocional con la editorial y en dos semanas planean coger los vuelos a Latinoamérica para verano. El viaje no es compatible con el embarazo, pues por entonces habré superado los siete meses y podré ponerme de parto en cualquier momento... Así que me he dado esta semana y la que viene como plazo máximo para pensarlo. El miércoles Biel viaja a Bruselas a una convención de trabajo, por los cambios internos que están realizando, y regresará el viernes. Es posible que vuelva con una respuesta sobre su traslado. Para entonces, yo espero haber sopesado la decisión y actuado en consecuencia. En caso de optar por la negativa, será mejor hacerlo en su ausencia, así, si surge cualquier complicación y necesito algún día de reposo, no tendría que darle explicaciones.

—Así que un par de semanas más... ¿Qué piensa Clara de todo esto?

—Entre tú y yo, no me ve capaz de ser madre, aunque no me lo haya dicho así, tal cual.

—¿Por qué?

—Me lo ha insinuado...

—¿Qué es exactamente lo que te ha dicho?

—Que es mucho más duro de lo que parece, que no cualquiera lo soportaría, que hay que tener madera de madre...

—Yo no veo ninguna sutileza ahí. Creo que está tratando de ser sincera, para que sepas lo que hay y puedas decidir siendo plenamente libre. Es más: te digo yo que a nadie le haría más ilusión que a ella que fueras madre. Imagínate, llevar a los niños juntas al parque, hacer *pijamas' partiesies,* ir de compras a tiendas infantiles... Sería su gloria.

—Puede que tengas razón...

—Seguramente quiere ponerte sobre aviso, prefiere que no tengas un hijo a que entres en depresión. Pero en ningún caso creo que no te vea capaz. De hecho, una de las cosas que tienes a tu favor para ser madre es su amistad. Si tuvieras al niño y surgiera cualquier problema, incidente, duda, sorpresa..., podrías llamarla y con su experiencia lo solucionaríais enseguida.

—Eso desde luego. Clara sabe qué hacer en todo momento con su hijo, sé que con la mía sería exactamente igual, o mejor.

—Ponme al día de la relación con Biel.

—¡Uf! El otro día me dijo que quería tener hijos conmigo.

—¿¿Cómo??

—No me lo tomé en serio, estaba cachondo. Concretamente, a punto de correrse...

—Bueno, así puede que tenga algo de sentido. Aun así, yo me andaría con ojo. Los hombres piensan mucho en lo que dicen...

—¿Crees que lo sabe? No, ¿verdad? Espero que se trate simplemente de una casualidad inoportuna.

—No tengo ni idea, pero no lo descarto. Es muy listo.

—Ese mismo día me dijo que posiblemente lo iban a trasladar a Valencia. Me pidió mi opinión, creo que estaba animándome a que saliéramos... No sabía qué decirle y decidí despistarlo con sexo, tenía que ganar tiempo.

—¿Y has pensado en qué decirle?

—Creo que le voy a decir que sí, que adelante, que lo intentemos. Pero primero tengo que quitarme este embrollo de en medio.

—Comprendo, pero hay algo que me preocupa... ¿te está afectando todo esto al trabajo?

—No, por el momento… he aprendido a dejarme los problemas en casa.

—Adelante, entonces. Y, por favor, Rey, no lo hagas sola. Prométemelo. Te acompañaré yo si es necesario.

—Clara me ha prometido que hará lo que pueda por acompañarme.

—Ya sabemos cómo es Clara...

—Hará lo que sea.

—Bueno, si me necesitas, ya sabes dónde estoy.

Salgo de la consulta. Recorro el largo pasillo hasta la puerta, un paseo por todos los títulos de Psicología de Olga. Pulso el timbre que abre la puerta que da a la calle y voy sacando el tabaco para liarme un cigarro. El aire me refresca la mente, hoy me siento especialmente liviana. Me aparto a un lado de la puerta y enciendo el piti. En ese momento, veo que una cara conocida llama al timbre:

—¿Victoria?

—¡Rey! ¡Cuánto tiempo!

—Eso mismo digo yo. ¡Qué alegría volver a verte! ¿Qué haces aquí?

—Vengo a ver a mi psicóloga, tiene aquí su consulta, ¿y tú?

—¿A Olga? ¿A mi psicóloga? —La sorpresa roza la emoción.

—¿También es la tuya?

—Claro, la de siempre.

—¡Qué casualidad! —Sonríe—. Olga, es genial. Le debo tanto...

—¡No sabía que venías aquí! De haberlo sabido...

—Tuve un problemita hace algunos años... —me interrumpe.

—¡Oh, cuánto lo siento! Yo empecé a venir cuando faltó mi padre, luego lo dejé y ahora he vuelto.

—No creas que no sentí lo de tu padre. Me dolió en el alma, ya sabes que le tenía un cariño especial. Me enteré por las redes sociales.

Pienso en mi padre. En la tarde en que celebramos la tristeza en su funeral. En quien estuvo, en quien no. Faltó ella. Esperaba que apareciera en cualquier momento. No por mí, sino por el cariño especial que le tenía a mi padre. Y no lo hizo. La eché de menos, claro que la eché de menos. Rompo a llorar. Seguro que mi padre tampoco se lo explica. Nunca le llegué a contar qué fue lo que pasó entre nosotras realmente. Lo cierto es que yo no la invité a asistir, pero ella sabía dónde y cuándo era. Lo sabía porque yo se lo había hecho llegar a través de un amigo en común, pero no vino. Se limitó a mandarme un cordial mensaje con su pésame. Me hago la tonta y vuelco la culpa sobre mí:

—Siento no haberte informado sobre el día y el lugar del funeral.

—Qué va, si lo sabía perfectamente... No recuerdo quién me lo dijo. Estuve meditando mucho si ir o no. No fui porque me pudo el orgullo. Estaba enfadada contigo por haberte hecho tan amiguita de Gabriel, digo... Biel. Aun así, quise ir al funeral, acompañarte en ese momento. Pero lo hablé con mis amigas y me dijeron que no lo veían apropiado, por eso me limité a darte el pésame.

—No te preocupes. De todas formas, no estaba para nadie. Agradecí mucho tu mensaje.

—Recuerdo lo unidos que estabais, lo que te apoyaba con el tema de los libros... Por cierto, ¡enhorabuena por el premio!

—Gracias, gracias. Él tiene toda la culpa, siempre me animó a escribir. —Sonrío—. ¿Y tú, ¿por qué estás aquí?

—Ahora que ha pasado tanto tiempo y que ya no tenéis relación, te lo cuento. —Intento interrumpirla, pero coge carrerilla—. Llevo muchos años viniendo. Tiene que ver con Gabriel.

—¿Con Biel? —No puedo reprimir el desconcierto.

—Tuve un aborto.

—¿Cómo?

—Lo habíamos dejado en el verano de primero de carrera, como ya sabes. Yo no conseguía superarlo y me inventaba cualquier excusa para coincidir con él, a ser posible con unas copas de más. Con ese pretexto, nos seguimos viendo esporádicamente después de dejarlo. La mayoría de las veces solo como amigos. Pero, en ocasiones, bajo los efectos del alcohol, pasaban cosas. En una de esas, me quedé embarazada.

—Ostras, Victoria, no lo sabía...

—Ya lo sé. Por aquel entonces ya no éramos amigas. Me habían llegado rumores de que os habíais liado. Nunca supe si era verdad y ya no me importa. Te hice la cruz en vez de preguntarte. La cuestión es que, cuando me enteré, hice todo lo que estaba en mi mano para que volviésemos. Yo quería tenerlo, pero no quería ser un impedimento para él. Pensaba que, si volvíamos, podía hacer como que me había enterado después, como si fuese fruto del destino, que nos auguraba un futuro juntos. No lo logré, él me veía como amiga, y cada vez estaba más convencido.

Hago cuentas y me percato de que estuvo quedando con las dos a la vez cuando él y yo empezábamos a vernos. «¡Qué cabrón!», pienso. «En realidad no éramos nada», me consuelo.

—Me planteé decírselo igualmente —continúa—. Pero la cosa se había enfriado mucho, estaba ausente. Nunca venía a los planes de los amigos, a lo mejor le escribía a las ocho de la tarde y me contestaba a las diez de la mañana siguiente...

La casualidad me remueve las tripas. A esas horas estaba conmigo. Mientras ella sufría, él estaba conmigo. Salía de las prácticas de la universidad y, casi sin pasar por casa, me iba directa a la suya. Allí alargábamos la tarde, en su terraza, vaciando botellines de Turia y llenando ceniceros. Solía irme a clase poco antes de las diez. Y justo, justo entonces le escribía. La rabia se apodera de mí:

—Tenías que habérselo dicho. —Habla quien menos tiene que hablar—. Uno no tiene plena libertad de elección si se le oculta parte de la información.

—Lo sé, pero no lo hice. Estaba plenamente convencido de no querer volver.

—¡Pero quizá sí que se habría hecho cargo como padre!

—Eso no me importaba, Rey. Me habría gustado tenerlo estando con él. Por nada del mundo quería ser madre soltera. No me quedó otra que abortar.

—Ahora lo comprendo mejor...

—El problema gordo fue el tiempo que esperé a ver si él cambiaba de opinión. Cuando renuncié y decidí abortar, ya le había cogido cariño a la criatura que habitaba dentro de mí. Fue una tortura...

—¡Madre mía! No te imaginas cómo te entiendo...

—Fueron meses muy duros. Pesadillas a diario durante meses, años..., hasta el día de hoy.

—¿Todavía? —Estoy al borde de echarme a llorar de la pena.

—Como lo oyes. Creía que ya lo tenía superado. Llevaba ya varios años sin venir, me habían dado el alta. El trauma ha recobrado vida ahora que estoy intentando ser madre con Antonio, con quien llevo saliendo seis años. Ya van dos abortos espontáneos.

Me quedo completamente blanca y sin poder articular palabra. Quiero abrazarla, consolarla, contarle mi situación, que nos sentemos en un banco a llorar y a comer pipas hasta la madrugada, como antaño. Pero ella sigue:

—Creo que estoy tan sugestionada con lo que hice que no dejo que fluya con normalidad. Los embriones no se mueren, los mato yo con mis malos pensamientos.

—Victoria, no puedes culparte así. Lo hiciste porque pensabas que era lo mejor para él. No te machaques. —Me sale la vena de madre, de amiga, de protectora—. Ahora estás en otra etapa, eres otra persona y yo garantizo que quien te tenga como madre va a ser muy feliz —añado.

No le cuento que me estoy volviendo loca, que yo también me imagino cosas terribles, que Biel es un inconsciente que tiene muy poco cuidado con lo que hace, y que nunca conocerá a su hija. O hijo. A quién le importa ya.

16

Peca

«Tienes una vida de libro», me repiten en las entrevistas. «Y eso que todavía no os he contado nada», pienso. Parece que mi discurso desata cierta pasión irreparable en la mirada de quien me escucha hablar de mis inicios en la escritura, cuando digo que escribía antes de saber lo que era escribir. Tengo un truco para cuando no sé explicar qué significa algo para mí: pensar que me lo quitan. Me imagino que me toca la misma vida, pero me arrebatan la capacidad de escribir libros, y me vuelvo loca. No lo soportaría. Por eso, cuando me preguntan por qué escribo, siempre respondo: por mí.

Hay quien dice que la escritura le ha salvado la vida. Y me parece bonito, pero también me hace reír. La vida te la salva el sentido del humor. La escritura no es un salvavidas, la escritura es el mar, que nos comunica con otros estén donde estén, así como nos mantiene a flote con la esperanza de volver a encontrarnos. Pero nadie sobrevive en el mar sin saber nadar. Escribir es un deporte de riesgo no apto para cualquiera. La escritura puede pasarte por encima como una ola en un mar agitado, o enseñarte a nadar contracorriente para no perder tu sitio.

Cuando fui consciente de lo que suponía haber perdido a mi padre, tras varias semanas de *shock* absoluto, sentí un vacío en el pecho que me absorbía con una fuerza magnética y tiraba de mí hacia un agujero negro. A los pocos días, llegó la furia. Abrí el diario con el propósito de desahogarme. Comencé pidiéndole explicaciones y terminé volcando toda mi ira sobre él. «De qué vas. Cómo te atreves a dejarme sola». Escribí como si no hubiese un mañana. Un poema detrás de otro, cada cual más doloroso, y más sanador.

Recogí estos textos dirigidos a mi padre en mis dos poemarios siguientes: *Petricor*, publicado muy poco después de su muerte, donde todavía reinaba la incomprensión; y *Semihuérfana* (2020), un año después, cuando ya había madurado la situación, cuyo subtítulo es *La pérdida del ser querido*. Allí plasmé el duelo más profundo, ese que pasa por todos los estadios de la tristeza: la nostalgia, la culpa, la pena más puntiaguda, la furia, la impotencia y la soledad. Pensé que a nadie le interesaría, y mi sorpresa fue que, sin pretenderlo, ayudé a muchísima gente a poner palabras a lo que estaban sintiendo.

No soy de números, pero tengo constancia de que la cifra de seguidores crece. Cada día amanezco con lectores nuevos y cientos de mensajes donde me cuentan sus impresiones. Por mucho que reniegue de la palabra *fan* y todas sus consecuencias, he asumido que a la gente le gusta lo que escribo y si dijera que esto me desagrada, sería tan mentira como lo de que escribo únicamente para mí.

Conforme aumenta el número, se multiplican los medios que me llaman para entrevistarme. Hasta ahora he podido compaginarlo con el trabajo porque eran pocos y porque no tenía este *marrón* encima, pero ahora soy incapaz de hacer oídos sordos al momento crítico que estoy viviendo. Cuando todo esto pase, podré volver a la normalidad. A la fama, quién sabe. Por el momento, la excusa estándar se repite en bucle: mejor cuando pase la Navidad, ahora tengo mucho trabajo. Nunca imaginé que llamaría a todo-esto-que-está-pasando «la Navidad». Qué paradójico. La Navidad, esa celebración familiar de unión y de amor. Biel nunca me invitó a pasarla con ellos, a pesar de que en otros días menos señalados yo era una más en su casa.

Hoy, al pasar de camino al trabajo, he visto que han adornado mi ático. Le han puesto luces *vintage* led a los cactus, y la terraza luce todavía más mágica. Digo «mi ático» refiriéndome al que algún día será mi ático. Ese que resplandecía justo delante del balcón de la primera habitación que alquilé por cuenta propia. Un balcón de tres metros donde cabían una mesa, dos sillas y muchas macetas. Aquel balcón con vistas a la estación, a la calle Sueca y al ático más codiciado de Ruzafa. Vistos desde ahí, los edificios parecían dibujados. El que se erguía justo delante de mí era blanco. No blanco blanco, sino blanco crudo, blanco roto, blanco perfecto. Un blanco que combinaba con el tono verdoso oscuro de los cactus que, perfectamente alineados, lo revestían de elegancia. Ahora vivo dos manzanas más al sur, pero sigo pasando por delante todos los días de camino al trabajo y siempre me detengo. Qué importante es detenerse ante la belleza, interrogarla, admirarla.

Caminar por Ruzafa es sentirte parte de un cuadro. Cada calle presume de una fila de naranjos en cada una de las aceras, y de un edificio de cada color —cuya estructura original se conserva—, a cada cual más vivo. Barajan distintas tonalidades según la fuerza de la luz que nos alumbra. En este barrio, para hacer una foto bonita, basta con posar delante de cualquier casa. Si es primavera, se añade el olor a azahar. Toda una estampa. En otoño los árboles se pueblan de naranjas. Formar parte de un barrio, además de conocer el significado que se esconde detrás de su nombre, es saber a qué hora aprieta el sol en cada terraza.

La fila de cactus me recuerda a Biel. No porque él tuviese un dúplex dos calles detrás, tampoco porque soliese pensar en él aquellos días en mi balcón disfrutando de las vistas a ese ático —qué vistas, insisto—. Es por la fila de pecas diminutas que decora su labio superior cuando echamos horas al sol en las terrazas. También la belleza tiene espinas. Es la peca maestra, el lunar que, iluminado, muta a un tono más intenso, más sexy. La palabra *peca* puede ser una «mancha» o una «orden». Todo depende de quién la pronuncie.

17

Mala memoria

¿Te acuerdas de Victoria, mi amiga de los primeros años de universidad? Vino a comer a casa unas cuantas veces. Ella fue la que dijo que nunca había probado un arroz al horno como el tuyo, aquel día que volvíamos de un examen de tres horas. Tú, orgulloso, le dijiste que tenía truco. Todo lo tuyo tenía truco, papá. ¿La recuerdas, verdad? Pues lo que te tengo que contar te va a resultar curioso. Me la encontré ayer, después de muchos años. Da la casualidad de que compartimos psicóloga... Yo no lo sabía y ella tampoco, creo. Y esa no es la única casualidad —aquí viene la bomba—: también ella se quedó embarazada de Biel hace unos años. ¿Te lo puedes creer? Y va y me lo cuenta a mí. Sí, a mí, después de tantos años sin vernos, como lo oyes. No la juzgo por ello, en absoluto. A veces estamos tan mal que nos encontramos a alguien por la calle con etiqueta de desconocido y se lo contamos. Yo también lo he hecho.

Volviendo al tema, resulta que está intentando tener hijos con su pareja actual y no puede. No puede por el trauma que tiene desde la mala experiencia por lo sucedido con Biel. Él nunca lo supo, ella aguantó sin decirle nada. Solo cuando había perdido todas y cada una de las esperanzas de volver con él, abortó. Se negaba a tener el hijo sola. No me puedo imaginar lo duro que tuvo que ser guardarse algo así para sus adentros. Me siento fatal por lo que pasó, lamento haberla dejado sola en esos momentos. Lo peor de todo es haberme enterado ahora. Justo ahora. En el momento en que estoy pasando por algo tan similar...

Hay que ver la vida, con qué ingenio más desolador mueve sus fichas. Realmente, nos encontramos allí porque estábamos pasando por lo mismo. Aunque lo suyo fuera hace muchos años, ambas estamos pasando por lo mismo. Porque hay cosas por las que no se termina nunca de pasar. No sé qué hacer, Pa. Siento mucha rabia hacia Biel. No quiero verlo ni hablar con él bajo ningún concepto. No me dijo que seguían viéndose. Se lo calló. Y me duele, no por celos, sino porque pensaba que nos lo contábamos todo. Un puñetazo en el estómago me habría dolido menos.

Apago la vela de un soplido fuerte y furioso, y dejo el salón impregnado de un perfume singular. Se trata de aroma a «el jardín de los poetas». La compré en una tienda-taller artesanal de Morella hace unos meses. Siempre que me dirijo a mi padre a través del diario enciendo una vela aromática, así me aseguro toda su atención. Él solía coleccionarlas. Cuando alguien viajaba, le pedía que le trajera una de recuerdo. Su colección sigue en casa, intacta, en el armario donde él las custodiaba. Guardo muchas anécdotas con respecto a su pasión por las velas. Recuerdo esa vez que se fue la luz en casa cuando tenía diez años. Mientras todos gritábamos asustados, mi padre, sin perder la calma, sacó su colección de velas y empezó a prenderlas. Las colocó en fila dibujando con ellas el camino que conducía a nuestros cuartos, indicándonos el camino. Nos pusimos el pijama y, minutos después, nos reunimos los cuatro en el salón, ahora iluminado. Jugamos a juegos de mesa hasta entrada la madrugada, como si estuviéramos en pleno verano y al día siguiente no hubiera clase, como si no tuviéramos otra obligación que divertirnos. Fue una noche mágica. Ahora compro velas allá donde voy. Siempre guardo algunas en casa para mis invitados, para mí, para mi bienestar. Por si se va la luz, ya sabes.

Victoria y yo nos tiramos todo el verano criticando a Biel. Aquel verano de 2014 que pasamos juntas en su casa de Cullera. Se había portado como un cabrón. Llevando más de un año juntos y estando fenomenal, la dejó de la noche a la mañana. Le dijo que ya no estaba enamorado, que la quería como amiga. Victoria, inicialmente, no le creyó. Incluso se echó a reír. «Cómo son los chicos —dijo—. Solo piensan con la polla». Teníamos una teoría: habría llegado una chica nueva a su grupo de amigos del pueblo, con unas tetas enormes como globos, y él se había confundido momentáneamente. «Se le pasará pronto», nos convencimos. Pero los días se sucedían y Biel no daba señales. A Victoria no le quedó más remedio que hacerse a la idea de que se había acabado, y todavía más cuando vio que quedaban a tomar algo y él no se alarmaba en absoluto, la trataba como a una amiga, como si la relación hubiera virado hacia ese lado sin consecuencias ni rencores. Lo peor es que él no se responsabilizaba de los sentimientos de ella. «Si te hace daño verme, dímelo y dejamos de vernos». «Si te duele que te escriba, dímelo y dejaré de hacerlo». Chantaje emocional, maltrato emocional. «Pasa de él, tía» fue la frase que más repetí aquel verano.

Era un hijo de puta. Pero no un hijo de puta de manual. No de esos que te deja porque se ha cansado de ti y te sigue escribiendo cuando se emborracha. Sino de los que te permite tener pesadillas por su ausencia toda la noche, y amanecer a la mañana siguiente con un mensaje cariñoso suyo, en el que te pregunta cómo le ha ido la colonoscopia a tu madre —porque tenía la fecha apuntada en el calendario—, si al final habéis podido arreglar el problema de las humedades del techo del baño —frecuente en las casas de veraneo—, y cómo lleva tu hermana las matemáticas para septiembre. Demostraba que todavía le preocupaban sus cosas, y así mantenía la llama de la esperanza encendida. «No lo soporto. Pasa de él, tía». Y pasó el verano.

Meses después, cuando ella lo tenía aparentemente superado, fue cuando empezaron a acostarse, sin compromisos. Ella no se lo dijo a nadie, ni siquiera a mí, que en ese momento seguía siendo su amiga del alma —el comportamiento típico de cuando sabes que estás haciendo algo mal—. Probablemente se avergonzaría de estar sucumbiendo a sus encantos y prefirió cargar ella con la culpa. Hasta que pasó lo que pasó, y también se lo quedó para ella, pero ese peso no pudo cargarlo sola.

Sin causa aparente, Victoria se distanció de mí y de todo el grupo. En aquel momento, no lo entendimos. Pensamos que quizá había decidido centrarse todavía más en los estudios, ya que ese año empezaba a contar la media para la nota final de la carrera y, conociéndola, no iba a poner ni media décima en juego.

He tardado nueve años en entender lo que pasó de verdad. Ahora comprendo por lo que estaba pasando y me duele no haber estado ahí. Comprendo también ahora —mucho mejor— que le sentara tan mal que él y yo nos hiciésemos amigos de la noche a la mañana. Sin saberlo, empuñé la puñalada de la traición y le di donde más le dolía. Me siento una pésima persona, aunque, a decir verdad, conservo la esperanza de que no sepa lo que pasó en realidad.

Aunque sea cuestión de tiempo. Porque la verdad, por muy triste que esté, no aguanta mucho tiempo encerrada. La verdad siempre acaba saliendo, aunque sea con moño y en batín.

18

La cuna de cristal

La perfección es terrible, no puede tener hijos. Así empieza el poema titulado «Los maniquíes de Múnich», uno de los más rencorosos de Sylvia Plath. Está contenido en su antología poética *Ariel*, libro póstumo de la autora que reúne los poemas que escribió durante sus últimos dos años de vida y que Ted Hughes, su marido —exmarido, realmente— publicó después de su muerte. Este, en concreto, se lo dedica a Assia, su presunta amiga inquilina, la mujer con la que su marido le fue infiel, hecho que condujo a Sylvia al fondo del pozo. Assia no pudo cargar esa culpa durante mucho tiempo, y terminó suicidándose de la misma forma que Plath a sus treinta años: metiendo la cabeza en el horno, en este caso, con su hija de cuatro años en brazos. En el poema, Sylvia se burla de su infertilidad, comparándola con ella misma, que se define como una fuente de creación de vida, entonces desaprovechada.

De Assia se decía que era la única que ganaba a Plath en belleza. Por eso lo de la perfección. Quizá también por eso Ted terminó sucumbiendo a sus encantos; puede que, por eso mismo, eligiera apagar su belleza con la llama del infierno.

Leer poesía de verdad. A eso me dedico cuando me siento contaminada por la mediocridad del mundo que habito. La poesía me conecta con la emoción que estoy sintiendo en el momento y le da un sentido. Este poema me ha conectado con la traición. Lo peor es que hay una parte de mí que no se sorprende. El reencuentro con Victoria y la conversación que mantuvimos no me ha descubierto nada nuevo, sino que ha puesto luz en algo que yo ya sabía, aunque mi cabeza hubiese tratado de borrarlo: que Biel no es de fiar.

Cuando lo conocí, sabía a lo que me exponía. Lo sabía, y puede que eso incentivase de alguna manera el morbo de la situación. Seguramente por esta razón no me lo tomé nunca en serio, por los antecedentes que tenía de él. Por el miedo a que un día fuese todo perfecto y al día siguiente ya no hubiera nada. No sé cómo vivió él su relación con ella porque nunca lo hemos hablado en profundidad, solo conozco la versión de Victoria. Entiendo que éramos unos críos. Que todos nos hemos portado mal con alguien por una mala gestión de nosotros mismos. Lo que no puedo entender es que, en tantos años de amistad, no me haya contado lo que pasó entre ellos después. ¿Será que nunca terminamos de conocer a alguien del todo? ¿Será cierto eso de que las personas solo se descubren realmente cuando se van?

De vuelta al poema, me asalta una pregunta: ¿son nuestros hijos quienes nos alejan de nuestra perfección? ¿Qué otra perfección conocemos que la de ser nosotros mismos? Tenía veintidós años cuando me dijeron que tendría dificultades para reproducirme a causa del desequilibrio hormonal producido por los ovarios poliquísticos. Un desequilibrio que se regulaba con la ingesta periódica de pastillas anticonceptivas, que me garantizaban la suerte de poder tener relaciones sexuales sin preservativo. Después de diez años de tranquilidad absoluta en este aspecto, el ginecólogo me sugirió descansar de las pastillas durante un año. La tranquilidad permaneció, pues no tenía de qué preocuparme: no podía tener hijos, no fácilmente. Cuando tenía relaciones, utilizaba protección, por si acaso. Menos aquella única vez, hechizada por la emoción del momento, que me porté mal y aquí estoy, pagando las consecuencias. A Assia también le dijeron que no podría tener hijos y acabó teniendo una, aunque, paradójicamente, ella misma terminase con su vida.

Biel no me ha escrito en todo el día. Teóricamente volvía esta tarde de la convención de Bruselas. Hemos quedado mañana sábado para ir a comer a Altea. No entiendo a esas personas que te proponen un plan y no te escriben hasta llegado el momento; el apetito hay que alimentarlo día tras día.

Lo odio, pero necesito verlo. Pedirle explicaciones, que me lo cuente. Que me diga que no me lo contó porque no era relevante. Porque igual que ella, había otras tantas más. No, eso creo que no quiero saberlo. No sé si es conveniente sacar el tema. ¿Cómo disimular, entonces, la rabia?

Camino hacia el salón, quiero escribir un poquito antes de irme a dormir. Escucho mis pasos en el parqué. Suenan más que de costumbre. Me siento en el sofá, cruzo las piernas. Abro la libreta de pensamientos desordenados. Intento concentrarme, pero la paranoia se apodera de mí, me carcome: de qué vas, a qué esperabas para contármelo, de verdad pensabas que me lo podías ocultar. Veo la cuna, la veo en todas partes. Es una cuna invisible que me acompaña a todas partes y se posa a mi lado. Invisible porque solo yo puedo verla. En la cuna no duerme nadie todavía. Pero tengo miedo de romperla con uno de mis movimientos torpes. Es tan dura. Tan frágil. La cuna soy yo.

No he sido capaz de resolver la situación todavía, y no sé si podré pasar el día entero con él sin contárselo. Seguramente tenga sospechas y me pregunte. No se lo quiero poner tan fácil. ¡Oh, Dios mío! Seguro que lo sabe y por eso no me escribe. Es eso lo que le pasa. Está enfadado porque no se lo cuento. Me habrá notado más hinchada que de costumbre y habrá atado cabos. ¡Qué listo es! Estará esperando que se lo diga, pero no puedo decírselo, todavía no, primero tengo una decisión de vida o muerte que tomar, nunca mejor dicho...

Ha debido de aterrizar en Valencia sobre las 18:00. Son las 21:00 y todavía no se ha dignado a escribirme. Lo odio. Lo odio muchísimo. Lo odio cada vez más. No sé qué me molesta más, si haberme enterado de lo de Victoria o este pasotismo repentino. «Todos son iguales», escribo. De pronto, recuerdo que tengo una decisión que tomar y un halo poético se apodera de mis dedos. Escribo: *me balanceo entre el bien y el mal / sin saber cuál es cuál, / oscilo de un bando a otro / con miedo a romperme, / con miedo a romper, / con miedo a que me rompan, / frágil, como una cuna de cristal.*

Suena el teléfono, es Ruth. Es la primera vez que me llama al móvil personal, debe de ser importante.

—Dime, querida.

—¿Tienes un minuto?

—Tengo que hablar contigo.

La escucho con un interés inédito.

—Vale, nos vemos mañana.

19

Una ventana

Mi padre murió poco después de que yo cumpliera los veinticinco. Meses después publicaría mi tercer libro de poemas, *Petricor*, en el que establecí un curioso paralelismo entre la ausencia y el olor a tierra mojada. Ambos me acompañaban a todas partes. Otro dato llamativo es que fue durante esos meses de pena y desolación cuando conseguí mi primer trabajo fijo, en el puesto que sigo ocupando ahora. Hay personas que transitan con paciencia la dificultad y otras, como yo, que necesitamos un clavo ardiente al que agarrarnos que nos haga seguir sintiéndonos válidas y deje la incógnita fuera de la ecuación. Me mantuve unos meses aislada del mundo, sin asistir a las reuniones entre amigos y centrada en leer y estudiar para desempeñar un buen trabajo.

Nada es casualidad, estar concentrada en el trabajo no me suponía mayor esfuerzo, pues tenía miedo de salir a la calle. Concretamente, me daba miedo ver a gente, quedar con gente, encontrarme con gente. La gente. Ni siquiera era miedo a la gente, sino a que me miraran y me trataran diferente. Miedo a la asertividad, a que midieran sus palabras para no hacerme daño. Desarrollé cierta fobia a la compasión.

Tiempo después me reconocerían que les estaba haciendo un favor con mi actitud evasiva, pues no sabían cómo dirigirse a mí, cómo tratarme. Incluso intentaban no cruzarse conmigo por la calle.

El que sí que estuvo a la altura fue Biel, que compartió conmigo los silencios más duros de mi vida. El de la noticia, el del funeral, el del entierro. El de después.

La culpa de no haberme podido despedir de mi padre me carcomía. ¿Cuál había sido nuestra última conversación? Seguramente, yo contándole, indignada, que Biel se negaba a hacer ese viaje a Mora de Rubielos conmigo y me estaba dando largas. Mi padre estaba de mi lado: «Qué cobarde, ¿de qué tiene miedo?, ¿de enamorarse de mi hija? No sería el primero». Probablemente, él ya sabría lo de la fiesta sorpresa y me estaba siguiendo el rollo. Mi padre siempre me seguía el rollo. Hasta que el rollo se acabó y yo no lo vi venir.

Dicen que los niños tienden a idealizar la figura del padre. Ese ente que trabaja duro día y noche por la familia, y llega a casa tarde con una sonrisa y ganas de jugar. Y el fin de semana tiene que descansar, claro, ha trabajado duro, pero sale a comer con sus amigos porque se merece disfrutar. La comida se alarga, seguro que son temas de trabajo, pobrecito. Mientras que la madre... La madre siempre está ahí, de mal humor, diciendo lo que no hay que hacer. Si encima se cumple la premisa de que el padre se muera joven, la idealización está asegurada. Algo que oímos con frecuencia cuando hablamos de personas con carencias emocionales es eso de «se nota que le ha faltado la figura del padre». Como si el sexo llevara implícito un rol parental. Insustituible, innegociable. Mi padre sí que fue un padrazo, nos hacía mejores a quienes estábamos a su lado. Mi madre lo repite continuamente. Pero no en todos los casos es así. Eso de que la figura del padre es fundamental depende del padre.

He llegado temprano al despacho para hacer un par de cosas antes de comenzar con la consulta. Abro el expediente de Ruth con ánimo de estudiarlo con perspectiva. Repaso lo trabajado durante los últimos años. El patrón se repite. Relaciones tóxicas. Conductas tóxicas. En ese momento, alguien golpea la puerta. Es ella:

—¡Buenos días por la mañana! ¿Se puede? —pregunta con un tono cantarín que revela su alegría.

—Cuéntame, querida. ¿Qué es eso tan importante que tienes que contarme? —Le hago un gesto para que pase. No quiero levantarme, por si las moscas: he desayunado bastante y se me marca un poco la tripa.

—¡Voy a ser madre soltera! —proclama, no se puede aguantar más.

—¿¿¿Cómo??? —Esto era lo último que me esperaba—. Pero... pero ¿estás segura?

—Completamente. Aunque te lo haya soltado así de golpe, es una decisión muy sopesada.

—¿Y qué te ha llevado a tomar esta decisión... ahora?

—Después de tres relaciones que, al terminar, acabaron también con mi ideal de futuro, he pensado que no quiero volver a proyectar mis sueños en un hombre, que me basto yo sola. ¿Para qué tengo que esperar a que aparezca el candidato perfecto? Pensándolo bien, a ninguno de los chicos con los que he estado lo habría deseado como padre.

—¿Y cómo vas a hacerlo? —Sigo en estado de *shock*, ella es consciente por mucho que intento disimularlo. Lo que no se imagina es por qué.

—Inseminación artificial, es muy sencillo. Ya he pasado los tests físicos y psicológicos y he abonado el cuarenta por ciento del coste del proceso. Empiezo el tratamiento hormonal en enero, unos pinchacitos de estimulación ovárica y estará listo. Me quedaré enseguida, dicen. Tengo cuatro posibles intentos. Es probable que lo tenga en 2024.

Ruth sigue hablando, pero yo ya no la escucho. Acaba de abrir la veda. ¿Por qué no había considerado esa opción antes? ¿Qué me importa a mí que Biel quiera o no quiera estar conmigo? Si quiero, puedo tenerlo sola. ¿Qué me lo impide? Soy perfectamente capaz.

Dicen que cuando una puerta se cierra, se abre una ventana. Lo que no dicen es que la ventana puede abrirse antes de que la puerta se cierre. Señalando el camino.

20

Altea

De vez en cuando, un beso ansiolítico despeja cualquier atisbo de duda. Me recoge temprano para aprovechar al máximo el día. Al subirme al coche, camuflo mi rabia con aspecto de sueño. Bendito sueño, que tantas malas caras justifica. Valencia está llena de rotondas y no es lo que mejor me viene ahora mismo. Es tan temprano que no me he acordado de tomar la medicación para el mareo.

—¿Tienes una bolsa de plástico? —le pregunto temiendo lo peor.

—Hay un paquete de bolsas en la guantera, pero ¿qué te pasa? Nunca te habías mareado en este coche. —Se preocupa. Ya hay que ser valiente para que una chica se maree en el coche y pensar que la culpa la tiene el coche.

—Es solo por si acaso. Tengo el estómago vacío —miento. Por haber, aquí dentro hay hasta vida.

—¿Quieres que paremos a desayunar?

—No te preocupes, aguanto.

En el primer semáforo en rojo, me besa el cuello, despacito, tan despacito que me olvido de dónde estoy, cómo me llamo y en qué día nací. En todo el trayecto no hace ningún amago de mirarme la tripa. De todas formas, ya me he encargado de ponerme la vestimenta adecuada para no acrecentar sus sospechas. Me debe de ver un poco seria porque no deja de intentar hacerme reír sin éxito. No sé cuántos años hace que conozco a Biel, pero todavía no he conseguido encontrar el punto a sus chistes.

Hemos venido a pasar el día a Altea. Contra todo pronóstico, encontramos aparcamiento en el centro, en una callejuela cuesta arriba. No le queda más remedio que subir una rueda a la acera para maniobrar. Lo veo sufrir en el acto: la acera es muy estrecha y teme manchar su BMW gris con el blanco impoluto de las paredes de Altea. Nada más bajar del coche, sale el sol. Lo interpreto como una señal, la señal de que va a ser un buen día. No hay nada como el sol en invierno. Nada. Es el placer entre los placeres.

Me sobra hasta el jersey, que estreno hoy. Desde que estoy embarazada es mi prenda de confianza. Jerséis de diversos colores y una talla más de pantalón. Prefiero que se fijen en las bolsas que me hacen y en lo que me sobra a que adviertan justo lo contrario. Cualquier atisbo de delgadez es positivo cuando se trata de borrar indicios de embarazo.

Después de un largo paseo y varias fotos en el mirador, encontramos sitio para comer en la azotea de un restaurante donde se lee PIZZAS A LA LEÑA. Al cartel no le cuesta mucho convencernos. Somos fáciles, oponemos poca resistencia. Duda antes de cogerme de la mano para entrar al restaurante, percibo cierto temblor en su habitual confianza. Lo sabe, seguro que lo sabe. Nos dirigen hacia la terraza y nos sientan en una mesa a la sombra. Lo agradezco, empiezo a estar algo sofocada. Un camarero nos toma nota mientras otro nos cambia el mantel:

—¿Qué les pongo de bebida?

Biel me mira. Que no pida alcohol, por favor, pienso. Pongo cara de pocos amigos, fingiendo estar algo cansada y poco predispuesta a beber. Sabiendo que tiene que conducir a la vuelta, es posible que opte por una Coca-Cola normal, pero quedan muchas horas para eso...

—Una bo... —intento decir.

—Una botella de vino blanco, por favor —se adelanta Biel guiñándome el ojo. Sé que lo ha hecho por mí, él es más de tinto, pero no le importa hacer una excepción si se trata de una ocasión especial.

—¿Alguno en especial?

—Albariño.

—Perfecto, gracias.

—Y una botella de agua fría, por favor —añado haciendo un gesto de que hace calor, como si esa fuese la razón. Le sonrío a Biel fingiendo tranquilidad.

Tengo ganas de decirle de todo, pero un aura de cariño me ciega. Hago el esfuerzo de mirarlo a los ojos, atenta, como si se tratara de una primera cita. La conversación fluye con entusiasmo, tenemos mucho que contarnos. Por los nervios que transmite en sus gestos, diría que es él quien tiene algo que contarme a mí. Llevamos días sin vernos; cinco, concretamente. Cinco que parecen cincuenta. Cómo ha cambiado todo desde la última vez que nos vimos... Trato de no pensar en eso. Le pregunto por el viaje, me cuenta los sitios donde han estado, los encuentros que han tenido, me dice que tenemos que ir juntos a Bruselas, que la cerveza allí es de otro mundo. Más fuerte, más tostada, más intensa, como a mí me gusta. Qué manía con el alcohol.

Hace una pausa cuando llega el camarero. Nos sirve una copa a cada uno.

—A mí es que con este calor todavía no me entra el vino. —Rio restándole importancia.

Biel tuerce el gesto. Mala jugada. No ha tenido nada de sentido mi comentario. Es vino blanco, frío, el mejor remedio para combatir el calor. Además, lo ha pedido por mí. Temo clavarle el aguijón de la sospecha.

Las *pizzas* se deshacen en la boca. Pedir una familiar para cada uno no ha sido una buena idea, pues me la he comido entera y mi cuerpo ha empezado a hincharse como corresponde. Se me nota. Se me está notando. Estoy inquieta. No puedo evitar recolocarme el suéter cada pocos segundos. Él se percata de que algo me pasa.

Nerviosa, bebo un trago de vino. Y otro. Y otro. No debería, pero debo anular sus conjeturas. Le pregunto por la reunión con el jefe, si sabe algo del cambio de puesto. Me contesta algo que nada tiene que ver. Seguro que le han dado el teletrabajo en Valencia y no me lo dice para no agobiarme. A la segunda copa le hablo de Marc, el hijo de Clara, que acaba de aprender a decir «mamá» y cambia de tema repentinamente para referirse a la fábrica de chocolate que visitaron. Me ha traído una tableta de regalo, la tiene en el coche. «El mejor que vas a probar en tu vida», me asegura. ¿Por qué no le interesa lo que le estaba contando de Marc? ¿No quiere saber nada de niños? ¿Le enfada el tema porque sabe lo que le estoy ocultando? La incertidumbre se apodera de mis pensamientos. Y una brecha se abre entre nosotros.

Ahora no para de hablar. Soy incapaz de sostenerle la mirada. Estoy mareada, a lo tonto llevo casi dos meses sin probar el alcohol. Pienso que me va a pillar, que se me va a escapar a mí, que me meteré un gol en propia meta sin querer. Mientras mueve la boca, me imagino que me pregunta, con tono vacilón, si no tengo nada que decirle. De nuevo, la paranoia. Lo sabe, seguro que lo sabe. Miro a la derecha: la cuna de cristal. Está aquí, ¿cómo es posible? Biel habla cada vez más alto en mi cabeza. Ya no distingo lo que dice de lo que grita en mi imaginación. Le escucho decir:

—Es mío, ¿verdad?

—¿El qué?

—Rey, ¿cuándo pensabas contármelo?

Un brinco me sacude el cuerpo.

—¿Qué te pasa, Rey? ¿Estás bien? —pregunta preocupado.

—Sí, sí, perdón, sigue. —Vuelvo en mí.

21

San Diego

Entre la espada y la pared, así estoy desde que volví el viernes de Bruselas. Teníamos la convención de la empresa de todos los años, y sabía que el jefe hablaría conmigo en algún momento. Lo malo es que me creí muy listo y me anticipé a sus palabras al compartir mis convicciones con mi familia y con Rey. Se iba a quedar libre el puesto de encargado jefe en Valencia —pues quien lo ocupa está a punto de jubilarse— y pensé que iban a ofrecérmelo a mí, pero no, lo que me han ofrecido es todavía mejor.

Me citaron a las diez y media de la mañana en el despacho del superior de mi jefe. Después de una intensa charla acerca de la situación de la empresa y sus posibles mejoras, me dijeron que habían pensado en mí para un puesto muy especial; «un puesto donde tienes mucho margen de actuación y de promoción», aseguraron. Me sonó raro, pues el puesto de Valencia existe desde hace sesenta años sin alteraciones. ¿Querían que fuera yo quien reinventase mi propio sector? Me extrañaba mucho. Y me quedé sorprendido con la oferta, pues esto fue lo que me dijeron:

—Vamos a colaborar con otra multinacional, una que hace lo mismo que nosotros, pero en Estados Unidos. Será una colaboración de tres años, para probar. En caso de que funcione, las uniremos, dándole así un carácter internacional a la marca. Es fundamental para nuestra evolución aunar fuerzas y aprender los unos de los otros. A partir de enero, implantaremos algunos de sus proyectos aquí, y viceversa. Pensamos que puede resultar muy interesante, una gran fuente de innovación financiera. La cuestión, y el motivo por el cual estamos aquí reunidos, es porque queremos enviar a uno de nuestros trabajadores allí, a San Diego, como director y coordinador de los proyectos conjuntos, y esa persona eres tú. Por tratarse de un reto, y teniendo en cuenta que el nivel de vida allí es más caro, se te premiará con un salario de ciento cincuenta mil dólares netos al año. La casa, el vehículo y las dietas van aparte. Como te veníamos diciendo, en principio serán solo tres años, con opción de quedarte allí en caso de que funcione.

—Os agradezco enormemente la oportunidad. Dejad que lo piense y la próxima semana tendréis una respuesta.

Desde que recibí la oferta, mi cabeza está en la costa oeste de Estados Unidos.

¡Cómo he podido tener tanta suerte! Pregunto a Google, que todo lo sabe, cómo es la vida en San

Diego: clima suave, playas de arena, California, surf. El ambiente de trabajo debe de ser cojonudo. Todo apunta a que tengo tres años increíbles por delante. El trabajo duro ha dado sus frutos, tantas y tantas horas invertidas en esta empresa han servido para algo. Ha llegado el momento de surcar las olas del Pacífico.

Lo mejor fue la entrada triunfal en mi casa cuando volví del viaje; estaban todos merendando y entré en la cocina gritando: «¡Tenemos casa en San Diego!». Les conté lo que me habían propuesto, la responsabilidad que querían delegar en mí. Lo mejor fue cuando les dije lo que iba a empezar a cobrar... ¡Se quedaron boquiabiertos! Todavía me cuesta creerlo. Mi padre me abrazó y me dio una palmadita en la espalda: «¡Qué orgullo, hijo!». Mi madre preparó una cena especial; mis hermanos brindaron con Fanta de naranja.

Estábamos tan ocupados celebrando que no me acordé de decirle a Rey que había llegado a Valencia. Tengo que ver cuándo se lo cuento, sé que muy bien no se lo va a tomar..., sobre todo, porque hice que se ilusionara con lo de volverme a Valencia. Nos vemos mañana en Altea, pero no le diré nada para no estropear el día, estamos en un buen momento y quiero aprovecharlo hasta el final. Será mejor contárselo la semana que viene, cuando acepte la propuesta. Le dará pena, pero bueno, seguro que lo entiende, es una oportunidad de locos, ella tampoco la desaprovecharía.

Dije que me lo pensaría para ganar algo de tiempo, pero lo cierto es que no tengo nada que pensar. Mi plan es hacerme el interesante unos días y el viernes próximo llamar a mi jefe. Quiero aprovechar la oportunidad. Quiero irme.

22

TENEMOS QUE HABLAR

Hemos quedado en vernos en el centro después de comer. Al salir del trabajo, he ido a Almalibre, un restaurante vegetariano del barrio del Carmen que tiene menú del día entre semana, variado y saludable. No quería pasar por casa. No podía dejar que el confort del sofá y su invitación a derrumbarme me atrapasen. Tenía que aprovechar la euforia laboral, la sensación de que mi presencia ayuda y suma a quien tengo enfrente. Cuando salgo de trabajar, siento que estoy haciendo el mundo mejor, y no hay nada más gratificante que eso.

Llevo un rato caminando por el centro para hacer tiempo. He terminado de comer relativamente pronto, prefiero esperar a que me esperen. Los nervios en movimiento los llevo mejor. Me acuerdo del día de la entrega de premios, en que caminé casi una hora arreglada y maquillada para paliar los nervios. Funcionó: al llegar al acto estaba sorprendentemente tranquila.

Vistosos adornos navideños pueblan la ciudad de luz, y de gente. Odio las aglomeraciones. Callejeo sin rumbo sorteando las calles más concurridas de la ciudad, al ritmo de la música que asoma de mis AirPods, con el móvil en la mano por si Biel da señales de vida. Me gustaría acercarme a ver el árbol de Navidad de la plaza del Ayuntamiento, pero una muralla de seres humanos teléfono en mano lo defiende de cualquier aproximación posible. Un poco más a la izquierda, hay un puesto ambulante de venta de horchata natural, un carrito histórico, Mon Orxata, que mantiene viva una tradición de más de cuatrocientos años. Me tienta comprarme una. Soy adicta a la horchata, creo. Pero durante el embarazo no es aconsejable. Cuanto más natural y artesana, peor, por su diversidad bacteriana. La horchata se obtiene de la chufa, un tubérculo altamente nutritivo y con carga energética. Antiguamente, estaba asociada a la cura de dolencias y se le auguraban propiedades terapéuticas. Hoy en día es un refresco natural que aporta mucha energía al cuerpo.

Estoy debatiéndome entre pecar y no pecar cuando recibo un mensaje: «¿Dónde estás?». «¿Dónde estás tú?», rebato. «En Colón —dice—. Dónde nos vemos. Me apetece un bocadillo de calamares», añade, e inmediatamente sabemos dónde estamos quedando. «No le habrá dado tiempo a comer», pienso. Bajo por la calle de las Barcas hasta Don Juan de Austria. Me está esperando en la esquina. Ninguno de los dos sonríe de lejos, mantenemos el semblante serio hasta que un beso incómodo nos acerca. Lleva un abrigo de lana gris y una bufanda negra encima. Los labios morados de frío. Un lunar asustado que apenas se ve. Las manos dentro de los bolsillos. No me había dado cuenta de que hacía tantísimo frío.

En Altea pasamos un día maravilloso, pero ayer no nos escribimos en todo el día, y por la noche me envió un mensaje que decía: «Tenemos que hablar». Propuso que nos viéramos después de comer para no alargarlo más. Sé que lo sabe. Y sé que quiere que se lo cuente yo, como es lógico. Y voy a darle el gusto.

Lo que pasa cuando quedas para hablar con alguien de algo relevante es que los minutos buscando un sitio donde sentarse se hacen interminables. Quieres quitártelo de encima cuanto antes, para después poder disfrutar en su justa medida de la velada.

Nos sentamos en la terraza de Casa Baldo. ¡Cuánto se agradecen las estufas exteriores en días fríos como este! Él pide un bocadillo y yo un café descafeinado, ya sin miedo a dar pistas. Me quito la bufanda y lo miro. Está sonriendo, pero el temblor de su pie lo delata. Pues ya estamos aquí. Un momento incómodo por el que, tarde o temprano, teníamos que pasar.

—¿Empiezas tú? —se adelanta Biel. Pues claro que empiezo yo. Quién va a empezar si no.

—¡Qué remedio! —contesto, y pongo los ojos en blanco. Siento cómo la tranquilidad sale de mi cuerpo para no volver.

—Si quieres empiezo yo... —sugiere. Pero antes de que pueda empezar a hablar, mi cuerpo decide tener la primera palabra. Se me resbala una lágrima, me la limpio con la servilleta. Se escurre otra, la seco con la mano. Cae una más. Biel me mira perplejo. La situación termina por superarme y me echo a llorar desconsoladamente.

—¿Estás bien? —Me coge de la mano, casi con miedo.

—No, no estoy bien —disparo entre lágrimas.

—Raquel, cariño, ¿qué te pasa? No me hagas esto...

—Estoy embarazada, Biel. —Me rompo del todo. Quiero seguir, pero a las cuerdas vocales les falta aire. Siento como si me acabara de salir un jabalí de setenta kilos por la boca—. De un mes y medio. —Hago un esfuerzo por continuar.

—¿Y eso? —Es todo lo que le sale decir. Se ha quedado completamente pálido.

—Pues eso. Qué quieres que te diga... —Me resigno ante su incapacidad de reacción.

—¿Es mío? —Y en su rostro ahora puedo ver el terror absoluto. No sé si le da más miedo que le diga que sí y lo haga cómplice, o que le diga que no, con lo que significa.

—Es tuyo. Fue en la entrega del premio. ¿Recuerdas que no teníamos preservativo y...? —quiero seguir hablando, y me interrumpe.

—Pero me corrí fuera. —Se defiende.

—Ya sabes que la posibilidad existe...

—No me lo puedo creer, Rey. ¡Qué marrón! ¿Por qué no me lo has dicho antes? ¿Desde cuándo lo sabes?

—Me enteré hace un par de semanas. He estado este tiempo en un sinvivir, sin saber cómo actuar contigo ni con nadie. No te lo he dicho antes porque estaba completamente en *shock*, pero tengo claro lo que he de hacer. —Lo veo tan asustado que soy incapaz de decirle que tengo dudas. Su expresión me obliga a inclinarme radicalmente hacia el aborto—. Además, tenía miedo de que me descubrieras..., y más ahora que vamos a pasar más tiempo juntos.

—Emmm... Sí..., bueno, de eso tenía que hablarte.

—¿De qué? —Vuelvo a romper a llorar. Va a decirme que se muda aquí y yo dándole este disgusto. No tenía que haberlo metido en esto, tenía que haberle hecho frente yo sola.

—Verás, hay cambios en mi vida...

—Ya lo sé, Biel. En parte, por eso tampoco te lo he contado. No quería influir en tu decisión. Quería que, si decidías mudarte, lo hicieses por ti mismo. Que nadie más que tú y tus intereses interfirieran en tu decisión. No quería causarte un problema, Biel. Tienes que entenderlo. —Hay algo en mis palabras que no termina de encajar.

—¿Dónde estabas cuando te enteraste?

—Fue después del encuentro con lectores en Barcelona. Acababa de volver al hotel y fui consciente de que tenía un retraso... Uf, no sabes lo difícil que ha sido disimularlo todo este tiempo, cerca he estado de volverme loca.

—Lo sabía, sabía que había algo extraño. ¡Por eso he estado leyendo con tanta atención tus publicaciones! No entendía nada, hablabas de una nueva vida, llegué a pensar que estabas conociendo a otro... O a otra.

—¡Qué va! Ya sabes que no es mi estilo. —Me resigno, ese comentario no me ha sentado bien.

—Ya, ya lo sé, pero la mente... En fin, ya sabes cómo es. Se pone siempre en lo peor.

—Estas semanas han sido más difíciles de lo que podrías imaginar jamás. Y encima verte a menudo no ha ayudado en ese sentido. Tenía que guardarme para mí las emociones, las dudas, la incertidumbre.

—¡Espera! Acabo de caer en una cosa. Nos hemos estado acostando con una criatura dentro.

—Así es... Créeme que no ha sido fácil.

—También en el sexo te he notado distinta, a veces he tenido miedo de hacerte daño.

—Hombre, si me daba miedo ser descubierta cuando quedábamos a tomar un café, imagínate al mostrarme desnuda... Tenía mucho cuidado con las posturas. Ojalá me hubieras leído la mente en esos momentos, era todo de película. La paranoia llegó hasta tal punto que temía que de pronto saliese un bultito por algún lado del abdomen... —Lo veo reír por primera vez en la tarde, parece que al hablar de sexo se ha relajado—. En fin, tenía que haber acabado con esto antes, pero no he sido capaz. Me he visto tan sobrepasada...

—Y... ¿cuándo lo vas a hacer? —Su pregunta conduce la conversación de vuelta al lado incómodo.

—Tú no tienes que preocuparte de nada, Biel. La decisión está prácticamente tomada. Terminaré con esto cuanto antes. —Me encantaría estar la mitad de segura de lo que muestro. Pero no es así. Las dos opciones, los dos caminos, se abren ante mí con la misma presunción de fracaso. Me gustaría quedarme aquí, en este punto exacto en el que mi cuerpo camina hacia delante sin moverse del sitio.

—¿Prácticamente? ¿Es que acaso no estás convencida?

—Lo estoy. Pero no es fácil. Nada fácil, de hecho.

Me pone la mano en el muslo y comienza a acariciarme. Nos quedamos en silencio. Tengo la sensación de que no quiere hablar más del asunto.

—Vamos a tu casa. No creo que este sea el lugar para tocar el tema —propone en un arrebato.

Asiento. Sé perfectamente lo que quiere.

23

El lobo

Ayer me cubrió el llanto con su piel caliente. Me lamió las heridas. Me consoló con las manos.

Antes de eso, volvimos a sacar el tema y me dijo que tenía que ser fuerte en mi decisión, fuera la que fuera. Como si él no tuviese implicación alguna en el asunto. Como si la cosa no fuera con él. Es evidente que la última palabra es mía, pero me habría gustado valorarlo como algo mutuo, no como un problema que solo me concierne a mí. Después, me folló como si fuese la última vez. A esos minutos placenteros les siguió un vacío inmenso, agravado por el hecho de que se fuera a dormir a su casa, con la excusa barata de que yo merecía estar tranquila en estos momentos.

El lobo es encantador hasta que le ves las orejas. Su temperatura embriaga temporalmente —solo temporalmente—, y no se hace responsable del declive emocional de después. Ayer se le cayó la máscara, no pude evitar pensar mal de él mientras me daba lecciones de lo importante que es mantenerse firme en las decisiones. Tendríais que haberlo visto: cómo jugaba con la sangre, tapizándola con su labia, tejiendo la solución con sus tibias palabras. Escuece desenmascararlo. Pensar mal de alguien a quien quieres es marcarse un gol en propia meta, abrirse una herida en la propia piel. Pero la loba es astuta. Y ayer le vio las orejas al lobo.

Me doy una ducha solo para entrar en calor, estoy tiritando. Cuando quiero salir, descubro que me he dejado la toalla fuera. Busco el móvil, la otra posible fuente de calor. No hay señales de vida. ¿Será verdad que no le importa? ¿Cómo es capaz de permanecer pasivo ante una noticia así? Su falta de empatía me carcome. ¿Qué estará haciendo que lo mantiene tan ocupado como para no decirme ni un mísero «buenos días»?

Estamos en la semana más fría del año. Y los días fríos se combaten comiendo cocido. De haber quedado con él, habríamos ido a Los Madriles. Pero estoy sola, y con muy pocas ganas de fiesta, así que prefiero hacérmelo yo. Salgo a comprar el arreglo para airearme. Me dirijo al mercado de Ruzafa, donde suelo encontrar los mejores productos. Compro la verdura en un puesto, los garbanzos en otro, el jamón en un tercero. Mierda, se me olvidaba que no puedo tomar jamón. Es igual, se lo llevaré a mi madre. Otros embutidos me saludan desde el escaparate. Quizá son todo lo que necesito para arreglarme el día. Cedo a mis impulsos.

—Ponme una bandeja mixta.

Pecado cometido.

Solo me falta hacerme con una buena barra de pan. Salgo del mercado por la esquina más cercana a la panadería. De lejos veo que la cola llega hasta la puerta. Miro el reloj, no tengo nada mejor que hacer, así que me pongo en la fila. Desbloqueo el móvil para buscar entretenimiento, me pongo un auricular y le doy al «play» del *podcast* que estaba escuchando.

—¡¡¡Rey!!! —Alguien me toca la espalda y toda la cola se gira para ver de quién se trata. ¡Lo que me faltaba! Su madre. Se nota que viene de la peluquería, lleva el pelo perfectamente recogido en un moño italiano y las perlas que se pone los días importantes. Me llevo muy bien con ella, pero no me apetece nada saludarla...: en este momento no puedo ni ver a su hijo. Intento disimular mi desilusión:

—¡Hombre, Laura! ¿Cómo estás? ¿Cómo están los peques? —Me hago la interesada y bajo el tono de voz para disuadir a los curiosos.

Encontrarme a la madre de Biel me resulta, por lo general, embarazoso. Está al tanto de nuestra relación. Su hijo y ella se lo cuentan todo. Puede contarle, sin conjeturas, que somos amigos con derecho a roce, que hemos quedado a ver una película y que es posible que no vuelva a dormir, que no ha probado sexo como el nuestro. Que su madre sepa tantos detalles me hace enrojecer cada vez que la veo. Hoy, además de todo eso, el encuentro me resulta especialmente incómodo. Además, luce un brillo especial en el rostro.

—¡Estamos de celebración por lo de Biel! He preparado cordero y creo que haremos mañana una merienda especial con amigos, por si quieres venir.

—No, gracias, tengo mucho trabajo. Si puedo pasarme al final, os llamo —respondo como si supiera de qué me está hablando, pero sin saber a qué se refiere. ¿Será que ya le han dado el traslado oficial a Valencia y me lo quería contar ayer y no le dejé?

—Cuando puedas, bonita. Se alegrará de que estés, sé que eres una persona muy importante para él.

—Estarás contenta de tenerlo tan cerca. —Lanzo la bala para confirmar mis sospechas.

—¡Qué irónica eres! Nunca te ha faltado sentido del humor.

—¡Uy! Si te lo decía en serio... —No sé dónde ha visto la ironía.

—¡Ay, querida! La de sacrificios que una madre es capaz de hacer por su hijo. Cuando seas madre, lo entenderás —se atreve a objetar. La maldita frase. ¿Quién le dice a quien la usa con deliberación que el resto queremos ser madres? Es más, si quisiera, lo sería ahora mismo.

—Supongo que no habrá sido fácil tenerlo dos años lejos.

—Bueno, Madrid está a la vuelta de la esquina en comparación con San Diego.

—¿Cómo? ¿San Diego?

—Ay, no me digas que no lo sabías. Juraría que me dijo que había quedado contigo ayer para contártelo.

—Sí, ayer nos vimos, pero fue rápido, los dos teníamos trabajo que adelantar. No me dijo nada al respecto.

—¡Pobre mío! Estará esperando la ocasión ideal para darte la noticia. Y ahora voy yo y lo tiro todo por la borda... —Se maldice—. Prométeme una cosa, cariño: cuando te lo cuente, te harás la sorprendida.

—Puedes estar tranquila.

—Sí, hija, se nos va a San Diego en dos semanas. Sus jefes hablaron con él en Bruselas y le hicieron una oferta de lo más interesante. No te doy más detalles, te lo contará él mejor. Lo dicho, te esperamos en casa cuando quieras.

—Disculpa, tengo que irme, Laura. Nos vemos en otra ocasión. —Miro el móvil como si me estuvieran llamando. A los dos pasos estallo en llanto.

Es un monstruo. Definitivamente, es un monstruo. Yo aquí, preguntándome por qué no se preocupa por mi embarazo, y él de celebración porque se muda al otro lado del charco. «Una oferta de lo más interesante», ha dicho. ¿Así que ahora es eso lo que le importa? ¿El dinero? Ni siquiera lo ha dudado ni un segundo al enterarse de mi situación. Qué embustero. Vamos a estar juntos, aseguraba. Quiero tener hijos, decía. Sí, claro, hasta que le ponen el cheque delante. Vaya cabrón. Lo detesto. Ahora quiero tener a mi hijo. Lo tendré sola.

La furia me recorre de arriba abajo. Abro su conversación en el WhatsApp. Muchos monosílabos y ningún icono. Es sumamente fría. Todas las líneas amenazan con ser las últimas. Encendida, tecleo el que estoy segura de que será el último mensaje: «Hasta aquí hemos llegado, Biel. Quiero que desaparezcas de mi vida».

Cuando matas a un mosquito y en tus manos queda un rastro de sangre, sabes que te acababa de picar. El daño humano no se va por mucho que te limpies. El daño humano se queda, aunque el agresor se vaya. Yo acababa de poner fin a nuestra relación. Me llevé las manos a la nariz. Efectivamente, olían a sangre. La diferencia es que esta vez el daño me lo habían hecho a mí.

24

Tomar distancia

Estaba pensando en salvarme y llegaste
como el automóvil que aparece en plena noche
y promete no pasarte por encima si te subes
—subirse es casi una invitación poética,
hasta que elevarse hacia delante se torna un verbo literal—
y entonces el miedo, el vértigo.
Parecía romántico,
apasionadas las manos que se aceleran
cuando no hay parte del cuerpo
que sepa frenar.
La velocidad —el riesgo horizontal—
es divertida hasta que te estrellas contra un muro
que lo único que devuelve son ganas de más.

Una vez dejé un poema a medias. Fue tanta la frustración que lo escondí en el cajón. Un año, dos años, tres años, cuatro años. De vez en cuando lo visitaba, para ver si tenía algo nuevo que decirme, o yo a él. De tanto entrar a verlo, le cogí cariño. Lo rescaté de las tinieblas y le di un lugar mejor. Llegué a pensar que no le faltaba nada, que era perfecto así, por qué no.

Me gustan las personas a quienes les falta algo: un tornillo, un verano, un brazo, una madre. Las canciones que no terminan, aunque terminen. La fotografía de aquel viaje a Sevilla en la que nos cortaron los pies y no las ganas de besarnos. La historia a la que su final no le hace justicia. Indagando un poquito en la historia de la literatura, he aprendido que algunas de las mejores obras están sin terminar. Lo mismo ocurre en la pintura. Esta información —secreto de Estado contado a voces— ha sido fuente de conflicto, como si alguien más que el artista tuviese derecho a opinar. ¿Quién decide cuándo se termina un cuadro? ¿Quién?, además de su autor. Algunas veces ni eso.

Mi madre tiene un mundo interior fulminante. Pintaba cuando era joven. Entonces tenía tiempo, «no como ahora», le gusta recalcar. Lo hacía con un estilo exquisito. En casa conservamos una vajilla pintada por ella que le encanta mostrar a los invitados, aunque no tenga otro uso que el de servir de decoración. Le da miedo deteriorarla, supongo; manchar una parte de su vida que recuerda con tanto cariño. Todos sabemos que pintaba y que disfrutaba haciéndolo, pero no menciona cuándo lo dejó, ni por qué, aunque la respuesta es evidente. Trabajar, cuidar, trabajar. Debió dejarlo en el momento en el que se dio cuenta de que no podía hacerlo teniendo otra cosa en la cabeza. Mi madre no es como yo, ella nunca habría dejado un poema a medias. Habrá aprendido a convivir con la frustración, pues reprimir la parte creativa sale caro. El artista que se abandona pasa toda la vida librando una batalla interna.

Admito que una de las razones por las que empecé a escribir fue para sorprender a mi madre. Que me dejase de ver como la niña buena, estudiosa y aplicada, y empezase a tratarme como la mujer reivindicativa y valiente que soy. La que duda de lo establecido. La que pone por escrito lo que piensa sin temblar. Pero el plan ha salido fallido, ahora soy la chica modosita que escribe poemas. A sus amigos les cuenta que soy muy enamoradiza (no sé a qué se acoge, si el último novio que le presenté fue David), que tengo mucho sufrimiento a las espaldas (no hace mención directa a mi padre, aunque se refiera a él), y que ella es la culpable de que me fuera tan pronto de casa. Es aterradora la distancia que me separa de la persona que mi madre cree que soy.

Lo importante es que hoy he terminado el poema. Era cuestión de tiempo. Me faltaba el golpe, el estruendo, la caída. No es necesario abrir los ojos para ver las estrellas. A veces, solo necesitas estamparte.

25

MONOPARENTAL

El telefonillo lleva un rato sonando. Es Biel, sabe perfectamente que estoy en casa. Ayer, después de enviarle el mensaje, lo bloqueé. No quise esperar a recibir una respuesta. Hoy me encuentro sorprendentemente fuerte y puede que sea el momento indicado para hablar. Abro desde el telefonillo y dejo la puerta entornada para que entre cuando suba. Me siento en el sofá con las piernas cruzadas y la manta encima, y lo espero.

Retumba la puerta. Oigo los pasos en el parqué. Se acerca como un animal en apuros. Le dejo hablar porque ya no tengo miedo.

—Te lo puedo explicar —afirma entre sollozos. Deduzco que ha hablado con su madre y le ha puesto al día de nuestro encuentro.

—No me esperaba esto de ti, Biel. Como tampoco me esperaba lo que hiciste con Victoria. —Le sostengo la mirada imprecisa.

—¿Con Victoria? ¿Mi ex?

—Sí, tuve que encontrármela hace poco para que me contara que seguisteis viéndoos después de dejarlo. Pensaba que éramos amigos...

—¡No te lo dije porque no era importante! —Gesticula con las manos.

—Ya, claro. Precisamente por eso podrías habérmelo contado sin problema. ¿Te estuviste tirando a las dos a la vez, cabrón?

—¡No! ¡De eso nada! Desde que te conocí a ti, no volví a tener nada con ella más que amistad.

—¡Ahora voy yo y me lo creo! Si supieras el daño que le hiciste...

—¿Después de dejarla, dices?

—Sí, la dejaste embarazada. Le arruinaste la vida.

—¿Que yo la dejé embarazada?

—Como lo oyes. Y no fue capaz de decírtelo porque todavía conservaba la esperanza de volver contigo. Se lo tragó para ella. Y ante tu negativa de retomar la relación, no le quedó otra que abortar... A día de hoy todavía le dura el trauma. —Su expresión se paraliza durante unos segundos, que se suceden eternos. He empezado a soltar la bomba. Quiero continuar. Abro la boca y su gesto de negación me impide seguir.

—No me puedo creer lo que me estás diciendo. Es muy fuerte... —Me agarra de los brazos y me agita en un acto de súplica.

—¡Claro que es muy fuerte! Y te pasa por ser un puto egoísta que no es consecuente con sus actos.

—Rey, te estás pasando...

—¡¿Qué me estoy pasando?! El lunes te conté que estaba embarazada y que lo estaba pasando muy mal y ni siquiera has sido capaz de preguntarme cómo estoy.

—¡Pero si me dijiste que tenías claro que abortarías! ¡Por eso no me he preocupado! Para no meter más el dedo en la llaga.

—Biel, de verdad, lo tuyo no tiene nombre. —Una hemorragia interna de pensamientos me inunda los ojos de lágrimas—. De verdad te digo que no quiero saber nada más de ti. Lo que sea que tuviéramos se ha terminado para siempre. Espero que seas feliz entre billetes.

—Rey, ¿es por eso? ¿Estás enfadada por eso? No puedo rechazarlo. ¡Es la oportunidad de mi vida!

—Hace nada me dijiste que era la mujer de tu vida.

—¡Y es verdad! Pero para estar contigo tengo toda la vida y esta oportunidad es ahora o nunca —argumenta con una falsa sensatez.

No es la primera vez que un hombre me dice algo así. Ya he escuchado antes esos cantos de sirena y no voy a sucumbir.

26

La risa floja

Hay un instante previo de felicidad previo a la catástrofe. Cuando ya lo ves venir y lo intuyes en la garganta. Sientes que todo está a punto de estallar en pedazos. Y, en ese momento, por imposible que parezca, solo te sale reír. Es un deje del alma para que entre el aire que está a punto de faltarnos.

Cuando algo se cae es que quizá no tenía que estar ahí. ¿Cuánto tiempo se necesita para conocer realmente a alguien? ¿Y si nunca nos llegamos a conocer del todo?

A veces la vida puede ser una atracción de feria continua, con su vértigo, sus vueltas de campana. Llega un momento en el que incluso nos sentimos cómodos ahí, en la incertidumbre. La de no saber qué pasará mañana Si tocará subir o bajar, o tocar fondo. Surcar los cielos. Buscar la fuerza de la gravedad.

La buena noticia, o la mala, es que siempre llega el momento de poner los pies en el suelo.

Si algo me permite sobrevivir en el caos es tener un antes y un después: reconocer el punto exacto en el que se torció todo. De los estados de conciencia alterados nace un credo, el propio. Me va a venir bien esta decepción para aferrarme más a la vida que custodio en el vientre.

Tenemos que estar muy atentos a lo que sucede alrededor porque a veces es ahí donde encontramos las respuestas. Ruth, sin saberlo, me abrió una posibilidad, una que no había contemplado. Me llamó en el momento justo reclamando mi ayuda, y me ayudó ella a mí. En ese momento en que yo no sabía si abrir o cerrar la puerta, me señaló una ventana. Y por ahí me escapé.

Me he despertado de la siesta con angustia y dolor de garganta. Hago gárgaras con sus sórdidas palabras diluidas en un vaso. La angustia aumenta y se expande por todo el cuerpo. La decepción incide como un hachazo. Me han arrebatado uno de mis pilares y no consigo mantener el equilibrio. Cuando falla una extremidad, tarde o temprano, mejor o peor, aprendes a vivir sin ella. Lo bueno es que, desde ese momento, valoras más a las otras tres. El mismo hechizo ocurre en la traición, que te hace apreciar más a quien se queda a tu lado.

Otro de los factores que ha influido en mi decisión fue el inesperado encuentro con Victoria. Qué cerca he estado de cometer el mismo error, de quitarme el problema del medio pensando en él y en mí, y no en la criatura que se aferró a mí para venir al mundo. No quiero pasar por lo que pasó ella, me niego, seré madre soltera. La criaré sola. No necesito a ningún hombre a mi lado.

Llamo al Policlínico. Me atiende una tal Gloria. Le pido que me pase con mi ginecóloga:

—Buenos días, Raquel. ¿Cómo llevas el embarazo? ¿Estás tomándote el ácido fólico?

—Hola, Gloria. Todo va sobre ruedas, algún episodio de náuseas, pero poca cosa. Te llamo para que me des cita para una revisión. Quiero cerciorarme de que todo marcha bien aquí dentro. Digamos que he consumido algo de vino, jamón...

—No te preocupes por eso, trata de evitarlo de ahora en adelante. Y vente el jueves a las nueve para una ecografía.

—Fenomenal, ahí estaré. Gracias, Gloria.

Una euforia incierta me estremece. Lo desbloqueo y le escribo un mensaje: «Voy a tenerlo, Biel. Lo tendré sola. Podrás venir a verlo cuando quieras».

27

Olga Fuster IV

—Las cosas han cambiado mucho.

—Sorpréndeme.

—Voy a tenerlo.

—Lo sabía. Si una parte de ti no quisiera tenerlo, no estarías tan preocupada por lo capaz o incapaz que te ve Clara.

—Y sin la ayuda de Biel.

—Lo supe en todo momento. Nunca me fie de él. En el fondo, no se lo decías por ese miedo.

—¿Me dejas contarte lo que ha pasado? Es peor de lo que piensas.

—¿Peor?

—Sí. Vamos por partes. Primero me armé de valor y le dije lo del embarazo. Ningún cambio, lo hicimos sin ninguna delicadeza. En ningún momento habló del tema como si él estuviese implicado —como está—, sino como si fuera un problema mío, nada más que mío. Entiendo que sabe que la decisión me pertenece, y que diga lo que diga soy yo quien tiene la última palabra. Pero lo conozco y sé que no era esa su intención. Por muy gordo que fuese lo que le estaba contando, él tenía la cabeza en otra cosa.

—¿Está enamorado de otra?

—No, no. No van por ahí los tiros. Se va de España. Se va de Europa.

—¿Cómo? Pero si la última noticia que yo tengo es que iban a trasladarlo a Valencia, que estaba medio viviendo ya en casa de sus padres cuando le dejaban teletrabajar...

—¿Verdad? Lo mismo pensaba yo. Pero ahora resulta que no, que se va a vivir a Estados Unidos.

—¿A Estados Unidos? ¿Cómo? ¿Por qué? ¿Cuándo?

—En menos de dos semanas. ¿Te acuerdas de que te comenté que aprovecharía el congreso de trabajo que tenía en Bruselas para hacer lo que tuviese que hacer?

—Claro...

—Pues se ve que fue ahí cuando le ofrecieron el nuevo puesto. No sé mucho más, todavía no he sido capaz de hablar con él del tema. Solo sé que no se lo ha pensado mucho, que lo tuvo claro cuando implica estar tres años separado de mí, y que lo sigue teniendo claro ahora que sabe que estoy embarazada.

—Me dejas sin palabras... No entiendo cómo puede haber cambiado tanto de la noche a la mañana. No parece que tenga ningún trastorno de personalidad evidente.

—Que es un puto narcisista, eso es lo que pasa.

—Desde luego, este comportamiento demuestra una clara falta de empatía.

—Lo peor de todo es que me enteré por su madre.

—¿Por su madre?

—Sí, me la encontré al lado del mercado. Venía de comprar comida especial. Estaban de celebración por todo lo alto. Se ve que Biel va a cobrar mucho allí en San Diego...

—Creo que no estaría mal que hablaras con él. ¿Te has parado a pensar cómo lo tiene que estar pasando? Pongámonos en su lugar: acaba de enterarse de que posiblemente va a ser padre, de que fue responsable de un aborto y de que se muda a otro continente a trabajar. Dicen que uno de los principales desencadenantes de estrés es el cambio de trabajo. Además, cada uno tiene sus tiempos de asimilación. Piensa que tú lo sabes desde hace unas semanas, has tenido tiempo suficiente para procesar la noticia. Pero a él le ha venido todo de golpe…

—Está bien. Si tiene algo que decir, lo escucharé. Pero la decisión está tomada. En agosto seré madre, madre soltera, nada ni nadie puede hacerme cambiar de opinión.

—Me alegro mucho de tu decisión, Rey. Eres muy valiente. Tan valiente como si hubieras decidido no tenerlo. Apoyo no te va a faltar.

—Lo sé. Gracias, Olga. Necesitaba contártelo. Me voy, tengo una entrevista en un rato.

—¿Una entrevista de trabajo?

—Una entrevista personal. En esta ocasión, soy yo la entrevistadora. Un encuentro muy especial. Ya te contaré.

28

EMMA

Asistí a un taller de escritura creativa con ella hace algunos años en una librería de Ruzafa. Le guardo especial cariño a aquella etapa, pues aprendí mucho sobre literatura, y me ayudó a encontrar mi propio estilo, por encima de cualquier moda. Un día, entre folios, nos confesó que era madre soltera. Supe que la avergonzaba porque lo decía con la cabeza baja en lugar de enorgullecerse. Ninguno de los allí presentes nos atrevimos a indagar más. Siempre la he admirado personalmente y hoy voy a entrevistarme con ella.

Se trata de una mujer empoderada y sensible, porque sí, ambas características son compatibles, una de las más altas que he conocido. Luce una abundante melena rubia que le cae sobre los hombros, y se suele poner las gafas antes de decir algo importante. Su vestimenta, siempre *cuqui*, combina con su lenguaje cuidado y elegante. Es licenciada en Filología hispánica e inglesa y sabe mucho de todo. Sería doctora en Filología inglesa si no fuera porque abandonó su tesis doctoral sobre Ted Hughes, el que fue marido de Sylvia Plath, pocos meses antes de terminarla. Aquello se estaba convirtiendo en un agujero negro y, conforme más información recababa, peor se encontraba anímicamente. No podía soportarlo más. Dicen que la fuerza se pierde por la boca, pero yo creo que las personas sensibles la perdemos por los ojos.

Su hija ya es una mujercita, acaba de cumplir nueve años, y es especialmente madura para su edad. Viajan juntas a todas partes; hace poco estuvieron dos semanas en Kenia. Fueron de safari y avistaron leones, leopardos, hienas y elefantes. Lucía, su hija, nunca lo olvidará. Ella tampoco. Desde que supe que quería seguir adelante con mi embarazo, me vinieron a la cabeza. Ellas, madre e hija, son mi ejemplo a seguir. Supongo que una relación así no se construye de la noche a la mañana, estoy segura de que no siempre fue fácil, y por eso quiero conocer su historia, saber qué la llevó a coger sola las riendas. Estoy casi segura de que no fue algo voluntario, sino las circunstancias fueron las que la condujeron por ahí. Sé de la existencia de una figura paterna, con la que apenas tienen relación, pero necesito saber qué pasó con él, quién se portó mal con quién, si eran pareja, si nunca lo fueron, si ella simplemente lo buscó para ser madre, si se trató de un accidente... Me interesa especialmente la relación que existía entre ellos. Si ella fue la manzana que alimentó al gusano del que brotó la mariposa. Si se trató de una interacción biológica simbiótica, o más bien de un parásito anidando en su cuerpo del que no supo desprenderse a tiempo.

Hace unos días tuve el valor de mandarle un wasap requiriendo su ayuda. No sabe nada acerca de mi situación y creo que es mejor así. Le he dicho que estoy escribiendo y que su testimonio como madre soltera es crucial para mi historia.

La he citado a la una del mediodía en Dulce de Leche, mi cafetería fetiche, con ordenador, libreta y boli. He pensado invitarla a un *brunch,* ponernos al día, y después hacerle algunas preguntas. Su testimonio será la voz de la experiencia que me falta. Vengo directa desde la clínica de Olga y llego casi una hora antes. Cojo sitio en la mesa de los ordenadores y elaboro un *brainstorming* de preguntas, aunque después siempre termine rindiéndome a la improvisación.

—Buenos días, Emma. ¡Qué alegría verte!

—Hola, Rey. Me tienes muy intrigada. ¿Qué es eso sobre lo que estás escribiendo?

—Una mujer que se queda embarazada en el momento álgido de su carrera y, después de mucha incertidumbre y una decepción amorosa, decide tenerlo sola.

—Has ido a parar con la persona indicada entonces. —Se confirman mis sospechas.

—¿Dónde vivías tú cuando te quedaste embarazada?

—En Cartagena de Indias, Colombia; llevaba unos años trabajando allí y tenía intención de quedarme otros tantos...

—¿Fue buscado?

—¡No! ¡En absoluto! Fue una sorpresa, bastante desagradable en un principio... Espero que tengas tiempo porque la historia es larga.

—Tengo todo el día. —Le dedico una sonrisa cómplice.

—Pertenecíamos al mismo grupo de amigos. Yo trabajaba dando clase en la Universidad de Cartagena, y él en un hostal de la misma ciudad. Llevábamos casi un año juntos, pero no éramos pareja oficial. Él ya había puesto el freno en varias ocasiones, pero seguía buscándome... Yo estaba perdidamente enamorada de él y no podía dejarlo del todo.

—Vaya...

—Fue una de esas veces que nos vimos después de su intento de poner fin a la relación.

—¿Cómo te diste cuenta?

—Pues mira, no fue tanto la ausencia de la regla como la desaparición de las migrañas lo que me hizo sospechar.

—¿La desaparición de las migrañas?

—Sí, en aquella época de mi vida yo sufría fuertes episodios de migraña cada pocos días. Me incapacitaba totalmente, para que se me pasara me tocaba encerrarme en una habitación oscura en completo silencio. De repente me di cuenta de que llevaba dos semanas sin ellas, y había leído hacía poco que se iban con el embarazo...

—¡Guau!

—Tres días después un test confirmaba mis sospechas.

—Madre mía..., qué duro... ¿Cómo viviste el momento de darte cuenta?

—Estaba trabajando, y justo antes de entrar a dar una clase, fui al baño a hacerme la prueba. Dio positivo... No es que me quedara sorprendida, es que por primera vez en mi vida me quedé en blanco. Fui a ver a una amiga que trabajaba allí, se lo conté, y acto seguido entré en la clase. No me preguntes qué dimos ese día, como te puedes imaginar tengo una laguna enorme. Al salir de la universidad, fui a verlo al hostal. Eran días de mucho trabajo para mí, pues Cartagena es una ciudad con mucha actividad literaria, y esa semana se celebraba el Hay Festival, en el que la universidad colaboraba. Tenía varios eventos esa tarde, a los que tuve que faltar, claro. No recuerdo cómo llegué al hostal —también eso lo tengo borrado—, si lo llamé y él me pidió que fuera, o si aparecí por allí. Solo sé que cuando llegué él estaba haciendo un asado, tenía plan de barbacoa con su grupo de amigos, que también era el mío. Al verme llegar, salió a la recepción para disimular y se lo dije de inmediato. Mientras, él permaneció con la mirada fija en la pantalla del ordenador, como si estuviera gestionando una reserva. No tuvo la más mínima reacción. No me miró, tía. Ni siquiera me miró. Solo fue capaz de decirme que su padre ya se lo había advertido. Por un momento me puse contenta de pensar que le había hablado de mí a su padre, pero no iban por ahí los tiros... Lo que el padre quería decir es que cuando eres activo sexualmente, corres el riesgo de dejar a la mujer en cuestión embarazada.

—Cómo se puede tener tan poca empatía... Yo flipo. —Me enciendo.

—Lo peor de todo es que, hasta hacía pocas semanas, él era quien hablaba de tener una familia. De convertir una de las habitaciones del hostal en nuestro apartamento. De seguir gestionándolo aún con niños. Recuerdo que cada vez que venía un comercial de pañales, me preguntaba: «¿Y el nuestro cuándo?», y yo le decía: «No, no, no. Quita».

—Hay que tener muy poca vergüenza...

—Lo más doloroso de la situación fue la falta de contacto físico. Mi alma necesitaba un abrazo. No quería consuelo ni soluciones, quería un puto abrazo.

—Supongo que ese día te llevarías un chasco enorme...

Emma se lleva las manos a la cara. Asiente despacio. Cualquiera diría que va a llorar, pero los que la conocemos sabemos que está cogiendo aire para seguir.

—¿Siempre quisiste tenerlo? —La duda se me escapa por la boca.

—Qué va. Le di mil vueltas a la situación. Creo que ni siquiera lo elegí yo... Tenía una amiga que me ofreció ir a ver a un especialista que me podría dar una píldora, porque allí es ilegal abortar. El doctor nos expuso las posibles contraindicaciones y decidí no hacerlo por riesgo de hemorragia, pues tengo principio de hemofilia.

—Estuviste a punto de abortar... —Otra frase que sale de mí sin ser procesada antes.

—Yo siempre había dicho que no quería ser madre. Lo tenía clarísimo. Tomaba precauciones, además de la píldora: aquel fue el único día que lo hicimos sin preservativo...

—¿Cómo es posible? Si tomabas la píldora...

—Al parecer, soy superfértil, me enteré después. Lo más curioso es que, quince días después de que pasara, tenía cita con el ginecólogo para colocarme un DIU...

—¡Vaya tela! ¡Qué justo! O sea, que tuvo que ser el destino. Tu hija quería nacer y pensó que era ahora o nunca.

—Es lo que te comentaba antes... Yo no tomé la decisión, la decisión vino a mí.

—Explícame eso.

—Yo confiaba en que mi cuerpo me liberaría, estaba convencida de que tendría un aborto natural, pues perdía sangre a menudo. Iba a urgencias y me tomaban por una extranjera que había intentado abortar y le había salido mal. La mayoría de las veces fui sola. Él solo me acompañó una vez y se quedó fuera porque le daban miedo las agujas y me iban a pinchar. Otra vez fui con dos amigos, un compañero de trabajo y mi exnovio, que me cuidaron mucho mejor que él.

—Hombres como ese no deberían existir...

—Recuerdo una de las visitas a las que me acompañó mi amiga Berta. Me hicieron un análisis de sangre y una ecografía, le pedí por favor a la ginecóloga que bajara el volumen para no escuchar el latido, y ella me hizo caso, pero me dio una polaroid de la mórula que acabábamos de ver en la pantalla. Berta y yo nos miramos y rompimos a llorar. Como todavía no sabía que me vendría a España a abortar, me derivaron a la unidad de seguimiento del embarazo, siguiendo la recomendación del médico que iba a colocarme el DIU, y a quien tuve que llamar para contarle la situación. El seguimiento incluía ver a un ginecólogo y a un psicólogo. Fui afortunada, pues esto era superinnovador en Colombia. Experimenté un gran choque cultural, pues allí brindar un hijo al mundo, seas pobre o rico, es una bendición. En una de las visitas, le confesé al psicólogo que no sabía lo que quería hacer, pensando que estaba en confianza con un profesional de la salud mental. Poco más y me manda al infierno y me dice de lo que me tengo que morir. Me dijo que terminar con la vida que llevaba dentro era un insulto a los planes de Dios. Imagínate mi nivel de culpa en ese momento..., como si no la hubiera tenido ya de por sí... Para colmo, el padre era negro y Colombia es un país muy racista. Que el padre fuera negro, sumado al hecho de no creer en Dios, y de pretender interrumpir el embarazo, y encima estando soltera, me destinaba directamente al infierno.

—Un infierno es lo que viviste aquellos días —interrumpo indignada.

—Espera, porque eso no es todo. Volví a España abandonando toda mi vida y renunciando al trabajo con el fin de abortar. Aquí estaba mi familia, mis padres. Tenía cita en el hospital y eran los últimos días para poder abortar. Él sabía que yo había viajado aquí, pero desconocía mis planes. Mientras tanto, me bombardeaba a mensajes con fotos de una niña prima suya recién nacida. No era ni por asomo consciente del dolor que me estaba provocando. Se lo había contado a su familia y yo sentía que no podía volver a Colombia «vacía» (sin bebé), pues me juzgarían por siempre. El doctor me proporcionó la medicación que debía tomarme para abortar y me dijo que volviera al cabo de unos días para que me «limpiaran». No sé si de forma consciente o inconsciente empleó las palabras más inoportunas, me habló de «paralizar el corazón del bebé». Me negué a tomarme la medicación y me fui de allí llorando. Me dieron otra cita a los tres días. Tres días en los que no salí de la cama, llorando, hecha una bolita. Y, tras haberme hecho a la idea de que tenía un corazón dentro, empecé a hablar con el bebé. Le daba excusas, le decía que no lo podía acoger en ese momento. La mañana que tenía la cita llamé para anularla: «Voy a seguir adelante con el embarazo».

—Qué valiente eres...

—Tras varias revisiones, descubrí que el sangrado era un quiste. Al haberse hinchado el cuerpo, el abdomen ejercía presión sobre él. Si algo me daba paz era dejarme llevar por la sabiduría de la naturaleza. Tuve un millón de complicaciones durante el embarazo. Salí de todas. Me encerré en casa de mis padres, sin hacer planes, hibernando todo el día, en reposo. No tenía trabajo, lo había perdido y no estaba en condiciones de buscar otro. A mi padre eso le enfurecía y me dijo cosas que a día de hoy todavía no he olvidado...

—Di que sí, ayudando...

—No todo fue malo esos meses. Hubo momentos mágicos. Teníamos un vecino que trabajaba en *National Geographic* y viajaba mucho por el mundo. Él y su mujer no podían tener hijos. Al verme embarazada y sin conocer mi historia, me dijo que qué suerte tenía de tenerlo en un país con recursos y con seguridad social gratuita. Le contesté que me sentía muerta, que había dejado todo lo que tenía y no era capaz de ver la suerte en ese momento. Sabía que tenía razón, pero no podía verlo. No obstante, ese encuentro cambió algo dentro de mí.

—¿Lucía sabe de la existencia de su padre?

—Sí, se conocen. Ella sabe muchas cosas porque es muy lista y se da cuenta de todo, pero yo nunca le ha hablado mal de él. Le hablo de su talento musical, de sus habilidades culinarias...

—¿Se han visto?

—Al principio, viajábamos seis meses a Colombia cada año. Pese a todo lo que había pasado, intenté que la niña tuviera un vínculo con su padre, pero él no lo aprovechó. Sus abuelos sí.

—¿Tuviste que ir tú para allá para que él conociera a su hija?

—Él iba a estar en el parto. Su familia —muy humilde, encima— le había pagado el billete para venir. Se gastó el dinero en fiestas y nos engañó a todos: a mí, a su familia... Dijo que le habían denegado el visado, pero lo pillamos. Por lo menos tuvo el gesto de llamarme a los pocos días de que naciera su hija...

—¿Y qué te dijo?

—Le conté que casi muero en el parto de la hemorragia y ¿sabes cuál fue su respuesta? La tengo grabada en la mente. Me dijo: «Estoy comiendo pollo y tomando una Coca-Cola». No me lo podía creer. «Bienvenida al mundo», era lo único que yo quería escuchar.

—No doy crédito a lo que me cuentas. —Abro los ojos porque empiezo a pensar que mi situación no es tan mala como creía...

—Cuando la niña tenía cuatro meses, yo ya lo tenía todo preparado para viajar allí. Me había hecho a la idea de ir sola con una maleta grande y un bebé. De repente recibo una llamada suya (él nunca me llamaba) y me dice que no vaya porque no tiene dónde alojarse (lo habían echado de la casa y del hostal), y me advierte de que me van a decir que anda con una chica porque lo han visto (claro, no tenía dónde caerse muerto y tuvo que echarse una novia para que lo acogiera) y, lo más fuerte de todo, que necesitaba respirar.

—¿Que necesitaba respirar? ¿ÉL?

—Como lo oyes. Pospuse el viaje un mes y medio. Al llegar y verlo, sufrí un ataque de pánico. Volver a ese lugar, con la niña en brazos, verlo a él... Me vino todo muy grande. Una vez más, él no me abrazó. Una vez más, yo solo necesitaba un abrazo.

—Te he admirado desde el minuto uno, Emma. Pero ahora te veo como una superheroína.

—Mira, el único lado bueno de todo esto, además de mi hija, es que fue durante el embarazo cuando me empecé a formar en escritura creativa. Gracias a eso, ahora imparto clases *on-line* y tengo la posibilidad de trabajar desde donde quiera.

—Mira por dónde, si no fuera por eso, no nos habríamos conocido.

—¿Has visto como no todo es malo? ¡Jajaja! —Nos reímos.

—Lo que más admiro de ti como madre es el equipo que habéis formado, la cantidad de cosas que hacéis juntas, me da mucha envidia (sana)... Me habría encantado tener esa relación con mi madre.

—Lo bueno es que yo no tenía ningún tipo de expectativa con la maternidad, venía de tocar fondo y me esperaba lo peor. Así que me pasó el efecto contrario que a la mayoría de las madres primerizas:

me di cuenta de que tampoco era para tanto. De hecho, yo nunca me he quejado de mi hija, como se quejan otras familias.

—Cómo es posible que no quisieras ser madre, con lo bien que se te da...

—Es muy sencillo: no quería ser responsable de traer a un ser humano a un mundo malvado en el que podían hacerle daño. También me daba miedo traer al mundo a alguien que se pareciera a mí.

—¿Os parecéis?

—¡Nada! ¡Es igual que su padre! Eso me da entre alivio y rabia.

—Y, en resumen, ¿cómo ha sido la gestión de la maternidad al estar sola? Y con esta termino la lista de preguntas.

—Creo que lo he llevado tan bien porque he seguido haciendo mis cosas. Ella es la prioridad, pero no gobierna mi vida. Mi vida es mía, y mi vida pasará siempre por darle lo mejor, pero sin decidir sobre ella. Siempre le he hablado como a un ser consciente, y por eso se expresa con mucha madurez.

—Pues muchas gracias, Emma. Eres un referente en todos los sentidos en mi vida. Gracias por tu generosidad. —La abrazo al mismo tiempo que le doy un beso en la mejilla.

—Gracias a ti. Estoy deseando leer lo que sea que te traes entre manos.

29

La segunda

Hoy tengo una visita especial, la inspiración: Tienes una manera curiosa de hablar: conseguir que me haga preguntas que nunca antes me había hecho. Me preguntas —o me pregunto, cada día me cuesta más separar— si estoy enfadada contigo. La risa se abre paso entre las comisuras: no, estoy enfadada conmigo. No he sabido gestionar la situación. Perdóname si en algún momento lo he pagado contigo, si la delicadeza con la que acaricio la curva que nace en mi vientre no es suficiente. Estoy deseando conocerte, distinguir la exclusividad de tu mirada. Aunque todavía no sepa si nos parecemos, siempre podremos decir que tenemos algo en común: las dos nacimos de una casualidad. A mí me gusta la luz del sol, y tú aseguras solo haber conocido la oscuridad. Vamos juntas a todas partes. Somos inseparables, aunque a veces choquemos la una contra la otra. No te gusta demasiado salir a comer, eres más de quedarte en casa de momento. Me reitero —una y otra vez— en que no quiero postre, pero me lías para compartirlo entre las dos. Caprichosa, me recuerdas a tu padre».

¿Está seguro de que desea compartir la publicación?

Siempre.

La inspiración me visita de una nueva forma desde la entrevista de ayer. De repente no tengo miedo de compartir mi incertidumbre, de abandonar la sutileza en el cajón. Me quedé con ganas de decirle a Emma que será una de mis referentes en la aventura que estoy a punto de emprender.

Llaman a la puerta. Por un momento me hago ilusiones de que sea Biel, pero luego recuerdo que está en Madrid dejando el piso. ¡Ya sé! Es el paquete del que me habló ayer mi editora. Me hizo prometerle que no lo abriría hasta que hiciésemos una videollamada, quiere ver mi reacción. Supongo que es para animarme. Otro de los pasos que he dado en favor de la maternidad ha sido decirle a la editorial que todavía no me coja los vuelos, que estoy pendiente de unos asuntos médicos.

Apoyo el teléfono sobre la pila de libros de Katherine Mansfield que estoy releyendo estos días y espero su respuesta:

—¡AAAH! ¿Ya te ha llegado? —Juana tiene una alegría que atraviesa cualquier estado de ánimo. Me siento muy afortunada de trabajar con ella desde hace ya varios años, pues, aunque es dura y directa en sus comentarios, su energía convierte un ratito de trabajo en un chute de adrenalina. Siempre hacia arriba, ese es su lema.

—Aquí lo tengo, aquí lo tengo. Que sepas que me tienes en ascuas, querida —le confieso mientras subo el pequeño paquete a la mesa y lo sitúo entre el teléfono y mi persona.

—¿Estás preparada para lo que vas a ver?

—Si no sé lo que es, ¿cómo voy a saber si estoy preparada?

—Vamos a jugar. ¿Qué crees que es?

—Mmm... ¿Algún amuleto para acompañarme en los ratitos de escritura?

—¡Nada de eso! Es mucho mejor.

—¿Alguna antigüedad? ¿Una libreta de papel artesano de las que me gustan?

—Tampoco van por ahí los tiros...

—¡Ay! Estoy perdida.

—Piensa en algo que te haría feliz ahora mismo

—¿Ahora mismo? Una bandeja de *sushi,* una noche de borrachera, que Biel no se fuera. Despertarme y que todo esto hubiera sido un sueño, que la vida siguiera como hace poco menos de tres meses

—¿Una máquina del tiempo? —acierto a decir, como si se me hubiera encendido la bombilla.

—Rey, por favor, baja a Tierra.

—Bueno, dejémonos de jueguecitos. Sea lo que sea, estoy muy agradecida de que tengas un detalle conmigo, no están siendo momentos fáciles. Prometo quedar contigo pronto para contártelo todo.

—Anda, no te preocupes por eso y ábrelo.

Tiro del hilo del lazo y lo convierto en nudo. Soy muy torpe abriendo paquetes. *Unboxing*. Me levanto a por unas tijeras para facilitarme el asunto. Ahora sí. Una caja que contiene otra caja, que a su vez contiene un paquete metalizado. Tengo la primera pista: es un libro. Es finito. Me estará obsequiando una galerada que sabe que me hace especial ilusión, pienso. Esta mujer está en todo, es tan detallista...

Abro el paquete y mi boca cobra la forma de una *o* de la que no consigo salir.

—¡SEGUNDA EDICIÓN!

Es un ejemplar de *Madrid* con la etiqueta de segunda edición.

—¡No me lo puedo creer! Es el primero de mis libros que se reimprime.

—En la poesía es mucho más complicado, el número de lectores no tiene nada que ver...

—Guau, es que no sé ni qué decir.

—La segunda es la más importante. La tercera y la cuarta también, pero la segunda marca la diferencia, ¿sabes? Es la señal de que el libro ha cruzado la barrera de la expectativa. La primera edición suele corresponder a la apuesta segura de la editorial. Los ejemplares que estiman que —casi seguro— se van a vender. A partir de ahí, todo lo que venga sorprende.

—Gracias por todo, Juana. Esto es por vuestra culpa, por el increíble trabajo de edición y promoción que hacéis.

—Te agradezco que pienses eso, Rey, pero no te equivoques. Es por ti, por tu talento, tu pureza, tu dedicación. Recuerda que tienes el don, que sin él nada de esto sería posible, pero que el éxito es tanto eso como las horas de trabajo invertidas. Ambos factores son necesarios, y no serían nada el uno sin el otro. Por ello, te felicito.

—¿Sabes de lo que me estoy acordando...? Del día en que nos conocimos, ¿te acuerdas?

—Sí, en un recital de poesía en El Volander. Había ido a escuchar a uno de mis autores. Tú fuiste con tu padre. Te sentaste al fondo, tan tímida. De vez en cuando me giraba y veía cómo abrías los ojos ante la pasión de la poesía.

—Después de un par de cervezas —artesanas, que ya sabes que suben más—, me aventuré a presentarme y a decirte que escribía. Recuerdo que tu compañera te miró como diciendo: «otra más...».

—Pero yo ya había visto algo en ti. Por eso, te di el correo, para que me enviaras un manuscrito cuando lo tuvieras. Total, no tenía nada que perder.

—Me pasé el fin de semana recopilando los poemas y el lunes siguiente te lo mandé. ¡No he estado tan nerviosa en mi vida! Abría el correo electrónico cada cinco minutos para ver si tenía respuesta.

—Y no la tuviste porque te llamé. Necesitaba decírtelo de viva voz.

—O sea, cuando me dijiste que sí, levité. De verdad. Me sentía a varios palmos del suelo. Recuerdo estar una hora dando saltitos por mi casa después de la llamada. Por fin una editorial tradicional iba a confiar en mí.

—Y por aquel entonces no teníamos ni idea de hasta dónde nos iba a llevar esta aventura. Mi apuesta, mi pequeña gran apuesta, Premio Nacional de Poesía Joven, y ahora segunda edición. Menudo fichaje.

—Anda, anda..., no me saques los colores. Te dejo, que tengo que recorrerme las librerías de la ciudad y sacar muchas fotos.

—Ve mandándolas.

—Gracias, de verdad, por todo. Esta llamada ha revivido algo en mí.

—Me alegro. Hasta pronto, pequeña.

El pan bajo el brazo. Eso es lo que trae esta criatura. Y no es más que la primera señal de que voy por buen camino...

30

Creatividad

Lo que más miedo me da de ser madre es perder la creatividad. No tener nada que decir. Apagar la voz de la conciencia. Permanecer inmóvil viendo como el mundo gira. Amoldarme a él. Mitigar la llama de la idea. Dejar de contribuir a otra existencia. Sentirme atraída por la costumbre. Arrinconar al nombre propio.

Me aterra la idea de dejar de hacerme preguntas por tener delante de mí todas las certezas. Bajar el arma —blanca— con la que llevo más de media vida al ataque. Perder esa parte de mí que no se conforma, la que pone a mi cerebro a funcionar en el momento más inoportuno. Cerrar la llave de paso de la imaginación. Vivir entre la conciliación y la reconciliación conmigo misma. Dejar para luego. Dejarme para luego.

Basta un breve intercambio para que mi cabeza se ponga a funcionar y, sin embargo... Es curioso que la maternidad sea la creación por excelencia y amenace con ser la última. Temo morderme la lengua hasta hacerla pedazos. Delegar en otro mi cargo de conciencia. Arreglarme como sacrificio ineludible. Extinguir un fuego. El mío.

Es cierto que mi creatividad ya no es la misma y me da miedo, pero... Mentiría si dijera que no estoy más inspirada que nunca.

31

La caída del rencor

Otra vez la maldita sensación de estar dejándome algo. Saco las cosas de la maleta y las tiro en la cama, allí donde puedo verlas. Vuelvo a meterlas una a una, y las tacho en la lista de imprescindibles. Tengo la impresión de que cada vez caben menos cosas, o tal vez es que cada vez las coloco peor. Si dejara de estar tan pendiente de lo que sube o no sube Rey a las redes sociales y me centrara en lo que tengo que centrarme, no me pasarían estas cosas... A ver qué narices hago como se me olvide algo importante... Allí los supermercados son otra historia. No dejo de darle vueltas al *post* que subió anoche: una foto de un arcoíris —¿desde cuándo le gustan esas cosas?— con un poema de pie de foto que me ha terminado de descolocar:

Será un milagro
y se llamará Abril.
Tendrá el alboroto del gorrión,
la voracidad del águila:
la mezcla perfecta de su naturaleza con la mía.

A no ser que tenga la comprensión lectora en la punta del pie, juraría que está hablando de su hijo, de nuestro hijo. A quien parece haberle puesto sexo y nombre. Dice que el niño será una mezcla de los dos, de las facultades de cada uno. Y parece que eso le gusta..., ¡lo ha llamado milagro! O igual con lo de milagro se refiere a su existencia, yo qué sé. Menudo lío.

Su diminuto cuerpo será el marcapáginas de
nuestra historia
que con él
y a pesar de él
se terminó.

Supongo que cuando dice «nuestra historia» se refiere a la nuestra, la suya y mía, Raquel y Biel. En lo que está profundamente equivocada es en que se haya terminado por el bebé. Para empezar, no tiene por qué terminar. Si ella supiera tomarse las cosas de otra manera, sería un pequeño paréntesis. Retomaríamos la relación en unos años y santas pascuas. «A pesar de él»... Ahí sí que puede que tenga un poco de razón. Yo podría haber mirado por el bebé y haberme quedado con ella, con ellos, pero sería ser muy idiota. Todo el mundo deseando que le llueva una oportunidad como esta una vez en la vida, y cojo yo y la dejo pasar... Lo que me gusta es la metáfora del marcapáginas que simboliza el capítulo en el que nos quedamos...

Su verticalidad abrirá nuevos horizontes:
una caída en picado
que marcará el comienzo de una nueva vida.
Serán las contracciones,
las placas tectónicas,
las que harán de esto una tierra firme.

Lo que más me sorprende es que no me odia, parece que se le ha pasado la rabia. Ayer escribió a mi madre para felicitarla por su cumpleaños. La conozco perfectamente y sé que, si estuviera dolida, no lo haría. Sinceramente, esperaba una reacción más infantil, como la que tuvo cuando se enteró por ella de que me iba a vivir a Estados Unidos. Algo así como: «Esto se ha terminado; no pienses que vas a ver a tu hijo; vete y no vuelvas».

Y lo que me encuentro es justo todo lo contrario. Además, desde el mismo momento que dijo «puedes venir a verlo cuando quieras». He estado leyendo sobre las variaciones en los niveles de hormonas durante el embarazo, que modifican la forma en la que las mujeres reaccionan a los estímulos. Es posible que los cambios le estén afectando en la forma de gestionar la situación. No sé, es rarísimo. Lo peor de todo es que parece que me molesta verla bien después de lo que le he hecho.

Renuncio a meter todo en la maleta. Lo más sensato es contratar una empresa de transporte transoceánica que lleve parte de mis cosas. He encontrado un comparador de ofertas para dar con la más económica. Pero es que son carísimas, paso. Si, en realidad, no necesito nada... Nada que vaya a llevarme me va a librar de la sensación de estar dejándome algo. La mudanza está siendo agotadora. Me tumbo en el sofá a descansar y me pongo un cojín debajo de la cabeza como si fuera a leer. Pero lo que sostengo entre las manos no es un libro, es el teléfono móvil, mi atención puesta en el puto Instagram. ¿Desde cuándo estoy yo tan enganchado a esta aplicación?

Me levanto enfurecido y salgo a pasear. No quiero pasar ni un segundo más en casa. Camino a paso rápido y subo el volumen de la música. No quiero pensar, pero paso por la esquina del Cómic, hago memoria y la veo sentada ahí, en la terraza, liándose un piti, adueñándose de los primeros rayos de sol. Y revivo la sensación más extraña que he tenido en años: me está esperando a mí.

32

Desconocidos

Nos gustaba jugar a hacernos pasar por desconocidos. Salir a bailar, pertenecer a distintos grupos de gente, coincidir en el mismo *pub*. Sabernos cerca y no podernos tocar. Vernos beber a la distancia justa para embriagarnos de miradas. Jugar, tontear y bailar con otros. Chocarnos, fingir que nos acabábamos de conocer, provocar un escándalo, un numerito que termina en la pared contigua a mi portal. Y digo: «Pasa, ¿te tomas la última?», y se desata la pasión cubriendo de ropa el suelo del pasillo, y no la recoge hasta la mañana siguiente.

Otros días, ir a trabajar a la misma cafetería, sentarnos en mesas distintas, cada uno con su ordenador, sumidos en nuestros quehaceres, pero con un chat común. Qué guapa estás. Te favorece la barba de dos días. Esa camiseta te la he quitado antes. No llevo nada debajo. De golpe, intercambiar una mirada. Una única mirada. Levantarnos del sitio a la vez. Dirigirnos al mismo portal, a la misma cama. Revolcarnos como si lo de la cafetería hubiese sido un flechazo, de esos que anulan todos los sentidos menos uno.

Los días más calientes fingíamos ser dos desconocidos probándose ropa en la misma tienda. En probadores contiguos. Sentíamos cómo el calor se colaba por el pequeño hueco que separa la cortina de la pared. Me ponía a intuir su figura desnuda frente al espejo en el habitáculo de al lado. Su cuerpo: ese molde a medida. Esa desnudez que reconocería en cualquier paisaje. Sentábamos las bases más duras de cumplir de la historia: las del establecimiento. Solo una persona por probador. Tú en el tuyo, yo en el mío. Sin verte siquiera. Sin saber lo que te pones ni lo que te quitas. A ver quién aguanta más.

Por encima de todo, nuestro mejor lugar de combate era la noche. Nos convertía en actores de una película americana para mayores de dieciocho años, donde adoptábamos nuevos roles que nos hacían redescubrirnos sexualmente.

Recuerdo una fiesta de Nochevieja rodeados de un montón de gente para la que éramos meros conocidos. Nos sentamos al lado, sin intercambiar palabra. Mientras mordía la primera croqueta, sentí el roce de su mano en mi entrepierna. Era la señal. Ahora me tiraría la copa de cava encima del vestido, yo lo maldeciría, se empeñaría en entrar conmigo al baño a limpiarlo. El cava se va, te prometo que tengo el truco. Una vez en soledad, tendríamos muy pocos segundos por delante. Los suficientes para sentir la inmersión de sus dedos en la intimidad de mi vagina. Los necesarios para tener el primer orgasmo del año.

No solíamos decirlo en alto, pero nos sabíamos afortunados. No es común encontrar un aliado en el catálogo de rarezas humanas. Hablar el mismo idioma en dialectos distintos. Tú la música y yo la letra. Cuando me preguntaban qué éramos, pensaba: cómplices. Y rebobinaba siempre a la misma imagen, la misma sombra dibujada en la pared de madrugada. Tu cuerpo entrelazado con el mío. Como un imán. Como dos páginas pegadas de un libro que no se leen la una sin la otra.

Han pasado solo unos días desde la última vez, pero ya nos siento como viejas glorias del deporte que es enamorarse. Y pienso: ojalá nos encontremos dentro de unos años, para volver a donde nos quedamos. Pero hay libros que tienen las páginas pegadas. Y capítulos a los que no se puede volver, por mucho que te empeñes. Cuando eso pasa, solo queda depositar toda la confianza en el poder de la saliva. Y esperar a ver qué pasa.

Paso mi lengua sobre mis dientes hambrientos. Es raro: no parece que haya pasado nadie antes. Busco el relieve afilado del primer colmillo a la derecha. Me hace cosquillas. Me relamo las mejillas por dentro, como quien se contiene para no hablar. Algo tengo claro respecto a mi lengua: soy la única que puedo mordérmela.

33

No te vayas

A veces me pregunto qué pasaría si reuniésemos todos los mensajes que se quedaron sin enviar. Si, en un arrebato de sinceridad, se nos comunicase lo que nunca se nos dijo. Si alguien rompiese una lanza a favor de la transparencia y todos lo siguiéramos. Y no existiera —ya no existiera— la opción de quedarse con las ganas. Cambiaríamos vidas, seguro. Las salvaríamos probablemente.

Es algo en lo que pienso a menudo cuando las noticias anuncian que alguien ha atentado contra sí mismo cometiendo un disparate. No puedo dejar de preguntarme si se podría haber evitado la tragedia. Con un mensaje, un simple mensaje. Gracias, perdón, hazlo por mí, no lo hagas, cuídate. Son tantas las palabras mágicas que los humanos nos empeñamos en dejar en el tintero...

Pero ¿qué pasaría?, me reitero, si recogiésemos del suelo los «te quiero» que no se dijeron a tiempo, las cartas que se quedaron en el cajón, las señales que se quedaron en el limbo entre lo obvio y lo casual.

Si le diéramos alas a todo lo que se quedó en el aire. Podríamos levantar fortalezas, derrumbar murallas, reunir familias, reconstruir hogares, devolver destinos, barajar nuevas posibilidades, abrir —de par en par— el abanico de oportunidades. Con suerte, darnos alguna que otra a nosotros mismos.

Si el mundo se volviese loco de amor y nos deshiciésemos del miedo a fracasar, habría clemencia para los cobardes. Cambiaríamos la letra de nuestros himnos nacionales por el canto del corazón. Sostendríamos la mano de aquel que está a un golpe de volcar su vida y apartaríamos no sé cuántos ojos del abismo.

Si asistiésemos todos juntos, voluntariamente, a la extinción del orgullo, como los que limpian las playas de residuos y recogen el plástico del mar. Si tuviésemos el coraje de hurgar en el tintero, si rascásemos en la punta de la lengua, si metiésemos las manos en el umbral entre el debo y el quiero. Si resucitásemos las palabras que mueren antes de ser pronunciadas y obligásemos a la arrogancia a salir de la ecuación, qué no arreglaríamos.

Por supuesto que provocaríamos enfrentamientos. Pero esos no me interesan. Porque en el fondo —del pozo— todos somos miserables, y los ríos también tienen depresión, aunque a eso le llamemos naturaleza.

Son tantos los mensajes que se quedaron sin enviar que, si los reuniésemos, abriríamos nuevos caminos hacia la verdad.

Con los míos, sin embargo, no haríamos nada. Yo los envío todos. Casi todos.

Ese no lo envié.

Lo tenía a tiro.

Y me fallé.

34

Ecografía

Hay algo de poderío en la soledad. Un empoderamiento que crece de las entrañas y se cuela en el torrente sanguíneo. Saber que tienes que hacerlo sola, que no te queda otra que hacerlo sola, te dota de facultades —siempre propias, nunca ajenas, aunque a menudo latentes— para salir adelante de la forma más digna posible. Quedan semanas para conocer tu sexo. Hasta entonces, he elegido llamarte Abril.

La psicóloga me ha felicitado por ser valiente. La ginecóloga me ha felicitado por ser valiente. Seguro que Biel, en su fuero interno, me ha declarado valiente. ¿Cuál es el premio por ser valiente?, pregunto. Además de mucha, mucha fuerza.

La recompensa real por mi valentía no es otra que las ayudas que el Estado da a las familias monoparentales. A nivel fiscal también tiene sus ventajas: menos impuestos y más deducciones. Por su parte, Biel ha empezado a implicarse de una forma algo extraña: trasladándome toda la información que obtiene acerca del embarazo y de la maternidad. Me río por no llorarme encima. Porque cada vez que veo su nombre en la pantalla del móvil se me ponen los pelos de punta, como si fuera a decirme que se queda. Tengo las hormonas a flor de pie. Un día quiero bloquearlo para siempre, y al siguiente, plantarme delante de su puerta y decirle que se quede. Que no lo haga por mí, sino por ella. O él. O lo que sea. Pero no hay desbarajuste hormonal que le gane la batalla al orgullo.

«¿Ya lo tienes todo preparado?», le escribo en respuesta a uno de los últimos artículos sobre la importancia de la hidratación en el embarazo.

«Casi». La bisílaba constata que se está haciendo el ofendido.

«¿A qué hora te vas?». Sé que es mañana.

«A las 10:00 sale el vuelo hacia Madrid. Allí tengo seis horas de escala y vuelo directo a San Diego».

«¿Quieres que nos veamos un ratito esta tarde?», suelto la bomba.

«¿Lo dices en serio?», pregunta incrédulo.

«¡Claro que sí! Tendremos que despedirnos, ¿no?».

«Me encantaría. Si te viene bien, prefiero por la noche. Por la tarde voy a ir a los *karts* con mis hermanos y no sé a qué hora volveré».

«Si tú no tienes prisa por acostarte temprano, por mí perfecto».

«Si quieres, podemos vernos para cenar».

«Vale, pero no tengo muchas ganas de salir. Vente a casa y pedimos algo. Me está entrando antojo de *pizza*...».

«Con extra de queso, por favor».

«¡Por supuesto! ¿Sabes lo que te digo? Como tengo tiempo, voy a hacerlas caseras. Así puedo ponerle lo que quiera en la cantidad que me pida el cuerpo».

«Me parece una oferta inmejorable. Te veo sobre las nueve. Escríbeme si necesitas que lleve algo».

«Te recuerdo que no puedo tomar vino...».

«Es verdad, no he dicho nada. ¡Nos vemos luego!».

Ha sido todo idea de Olga. Ella me ha sugerido una despedida. Me ha dicho que apunte durante esta semana todo lo que he de decirle, que después lo tengo enfrente y se me olvida. La primera vez que lo llevé a cabo solo me salían insultos: «Cabrón, egoísta, hijo de puta, caprichoso. El dinero no da la felicidad. Pagarás por lo que has hecho. El karma te lo devolverá». Pero luego un halo de calma recubre el odio de tachones. Y cambio de parecer. «Espero que seas feliz. ¿Quién soy yo para decirte lo que tienes que hacer? ¿Qué somos si nos quitan la libertad de elegir? No sé si mi hija te verá una semana o dos al año, pero esa semana será feliz. Le harás reír, como tú sabes que solo tú sabes. Le hablaré bien de ti, le enseñaré fotos. Le diré que yo soy su familia, que al otro lado del charco hay alguien que lo cruzaría para verla reír. Y lo haría sin mirar atrás».

Tengo la segunda visita a la ginecóloga. Hoy voy sola, Clara no puede acompañarme, pero me siento segura.

Me oculto detrás de un árbol de raíces gruesas mientras me acabo el piti. No quiero que me vean fumar en mi estado. Llevo desde la mayoría de edad viniendo al Policlínico, y es la primera vez que me fijo en el contraste entre el fondo negro y las letras blancas del cartel. Cruzo el umbral de la puerta —el de la valentía— y digo que tengo cita con Gloria para revisión de embarazo sin balbucear. La recepcionista me entrega un papelito donde figuran mis iniciales y una serie de números que no identifico, y me envían a la sala de espera. ¿Acaso no es el embarazo una sala de espera?

Primero entramos en una salita pequeña donde respondo a una serie de preguntas cuyas respuestas teclea a la mayor velocidad posible. Fecha de la última regla. Frecuencia de relaciones sexuales. ¿Tienes claro quién es el padre? ¿Qué día empezaste con el ácido fólico? ¿Última analítica? ¿Alguna enfermedad? ¿Alergia? ¿Te has hecho algún test genético? En cuanto termina, me imprime una lista de recomendaciones y riesgos que introduce en un sobre, para que la lea con detenimiento en casa.

Pasamos a la sala donde se encuentra el ecógrafo. Me quito la ropa y de pronto pierdo toda la seguridad que había estado trabajando. Me siento indefensa ante un aparato. La «masa» se ve más clara que la última vez, el latido es pausado como la melodía de una canción triste. Veo que realiza capturas de pantalla mientras mueve el ecógrafo. Mide algunas distancias y las anota en el ordenador, muy concentrada.

Me da una foto. Dentro de la masa se distingue un espacio negro, y de ese espacio el feto en cuestión ocupa una diminuta parte, pero se distingue a la perfección. Su cuerpo está atravesado por una línea de puntos manual, seguramente lo estaba midiendo en el momento de capturarlo. Me llama la atención su postura: parece un niño recostado, con los pies apoyados en la pared y leyendo un libro. Ha salido a su madre.

—Veamos... —Sigue tecleando—. Las constantes vitales están perfectas, el diámetro de la cabeza se sitúa dentro de los parámetros normales, y ya se distinguen las cuatro extremidades. Sin embargo, el crecimiento fetal es inferior al percentil cincuenta...

—¿Qué quiere decir eso? —Me incorporo sobresaltada.

—Nada, simplemente que el tamaño del feto está por debajo de la media —contesta Gloria sin perder la calma.

—Ah, vale, menos mal, me había asustado. —Me recompongo y vuelvo a la postura inicial.

—De momento, no hay de qué preocuparse, hay niños que crecen más lento, puede pasar. Pero hay que revisarlo. Te recomiendo que vayas al nutricionista y le pidas una dieta abundante y saludable para la gestación. La hidratación también es muy importante —añade. ¡Lo que me faltaba! ¡Otra que tal!

—Si te soy sincera, no he estado cuidándome nada hasta el momento. Ni siquiera sabía si lo quería tener. Ahora va a ser otra historia, ya verás... —No cabe duda de que me siento responsable de su crecimiento tardío. Es como si de forma inconsciente no lo estuviera dejando crecer por las dudas.

—No te sientas mal, mujer. A lo mejor ni siquiera es por tu causa. Conozco casos de mujeres que se han emborrachado el día de antes de enterarse de que estaban embarazadas y no ha pasado nada. Lo importante es cuidarse desde el momento en el que eres consciente del embarazo y priorizar tu salud y la del bebé.

—Vale, vale, me dejas más tranquila. —Respiro aliviada.

—De momento, vas a seguir haciendo vida normal. Cuida la alimentación y el descanso y vuelve en dos semanas. Si entonces vemos que no ha mejorado el crecimiento, tendrás que cogerte la baja.

—Me parece justo —miento. Ahora mismo, y más con todo lo que tengo en la cabeza, no me imagino dejando de trabajar. Creo que podría ser muy perjudicial para mi salud mental.

—Te voy a dar también la cita para dentro de un mes para la eco 3D. —Sigue anotando en mi expediente—. Seguramente se pueda ver ya el sexo del bebé.

—¡Ay! ¡Qué emoción! Creo que es una niña...

—Lo veremos. Cuídate, Rey. ¿Me lo prometes?

—Mi salud y la de mi bebé son lo primero —respondo parafraseándola.

He optado por tomármelo con humor, pero la visita me ha dado un escarmiento. A partir de ahora, las cosas van a ser diferentes. Hoy todavía me permito estar mal, pero todo cambiará a partir de mañana cuando Biel se haya ido.

35

Abril

Un 1 de abril finalizaba la Guerra Civil española. Un 2 de abril lo vi por primera vez. «Whisky con cola», fueron sus primeras palabras. «Johnny Walker», matizó. «En las barras libres solo tenemos marcas blancas». Qué inocente. El 7 de abril se casaron mis abuelos y lo escribo sesenta y dos años después. Abril es el mes del buen tiempo, la instalación de la primavera. Está declarado como el mejor mes para correr maratones, en países algo más fríos que este. En abril, aguas mil. Qué importante es la lluvia, aunque no siempre llueva a gusto de todos. En abril, libros mil. El 23 de abril se celebra el Día del Libro, festividad de San Jorge, patrón de Cataluña, por lo que en casa también celebramos el santo de papá. Teníamos la tradición de irnos los cuatro a pasarlo juntos a Barcelona. Mamá y Miguel se quedaban en el hotel descansando mientras papá y yo recorríamos la ciudad como dos niños exprimiendo su primera vez en Disneyland. Bebíamos cerveza, paseábamos la rosa y el libro que nos habíamos regalado mutuamente. Paseo de Gracia, plaza de Cataluña, Diagonal. Todo está lleno de puestos donde los autores firmaban libros en mesas que montan librerías y editoriales porque gente como nosotros está dispuesta a hacer una hora de cola por un autor que ni siquiera nos gusta tanto. Por la tarde, nos acercábamos a la Fnac del centro comercial L'illa Diagonal, para escuchar alguna presentación o mesa redonda y seguir comprando libros. Lo que más nos apasionaba era lo viva que se podía llegar a sentir la literatura ese día. Las calles de Barcelona vestidas de primavera, el traje tradicional de los balcones. Una alfombra roja de rosas desde los Jardincillos de Gracia hasta plaza de Cataluña. Puertas abiertas de museos y edificios emblemáticos. La fachada de Casa Batlló vestida de gala para la ocasión. Las calles abarrotadas de gente. Encuentros fugaces con famosos que se niegan a hacerse una foto para que no les paren cien personas más a continuación. Llegar al hotel, compartir la emoción con los nuestros y que nos miren como si estuviéramos fatal de la cabeza. Y sonreír porque no lo entienden. Porque no hay nada como vivir un Sant Jordi en Barcelona, aunque el Día del Libro se celebre en todas las ciudades del mundo para conmemorar que ese día, en diferentes años, murieron, entre otros, dos genios de la literatura universal: Cervantes y Shakespeare. En abril nació la poeta Gabriela Mistral, Premio Nobel en 1989. Pero es que abril, además de ser un mes festivo, es el mes en el que más se llora. Explicaciones científicas aparte, aunque apuesto a que tiene mucho que ver con la primavera. Todas las cosas bonitas pasan en abril. La Feria de Abril no se perdona. No hace falta viajar a Sevilla. Si Mahoma no va a la montaña..., la Feria se traslada al cauce del Turia. Bailes, vino, tapas.

Por si todo esto fuera poco, el 15 de abril se celebra el Día del Niño.

36

El final de la guerra

Hace más de doce horas que no hablo con nadie. El trayecto Madrid-Valencia en AVE cada día se me hace más corto. Vengo de dejarle las llaves del piso de Madrid a mi casero. He esperado hasta el último momento para decirle que me iba, por si me arrepentía, pero no ha sido el caso. Salgo de la estación Joaquín Sorolla y la diferencia de clima es abismal. Me quito el gorro y la bufanda y los guardo en la mochila, que llevo prácticamente vacía. He mandado mis cosas en cajas a casa de mis padres, que llegarán cuando yo ya no esté. Pero qué más da, si con el dinero que voy a ganar me voy a poder comprar lo que quiera.

Es temprano y no quiero irme a casa. Me apetece caminar, despedirme de la ciudad, pasar mi último día aquí preparándome mentalmente para la mejor experiencia de mi vida. Lo tengo todo ya listo, dejé la maleta hecha antes de irme a Madrid, solo falta cerrarla. No fui capaz ayer porque sentía que me dejaba algo, no hacía más que mirar encima de la cama.

Bajo por Gran Vía Germanías en dirección al cauce del río, fotografiando milimétricamente cada esquina en la memoria. No se me hace fácil, pues no hay tramo de la avenida donde no guarde un recuerdo. La gran mayoría con ella. El pasado tiene la mala costumbre de complicarnos el presente. Atajo por calles perpendiculares dirigiendo el camino hacia el Palau de la Música. Avanzo por Conde Altea y paso por delante de una agencia de viajes. Me detengo frente al escaparate y se me enciende la bombilla. Juguemos. Entro y me hago pasar por un turista que quiere viajar a California e información sobre la ciudad de San Diego. La dependienta me imprime diferentes opciones de viajes. Le pregunto si merece la pena el destino. Afirma con la cabeza. La oigo teclear fervientemente y, acto seguido, extiende un catálogo sobre la mesa. La costa oeste de Estados Unidos se abre ante mí como una promesa. «Este es el primer sitio que tienes que visitar», dice señalando el zoológico de San Diego, situado en Balboa Park, el parque cultural más grande de América del Norte. «Yo te animaría a hacer surf para vivir la experiencia completa. El surf en las playas California no tiene nada que ver con el que se pueda practicar en España». Redondea una playa con sensación de isla: Isla Coronado. A continuación, señala otra, La Jolla Beach. «Para hacer surf, estas son las mejores —dice—. El casco histórico también es muy bonito. No te pierdas los acantilados y sus puestas de sol.

Hay cruceros de trayecto corto para ver animales marítimos. Enero es el mes ideal para avistar ballenas. Si te da tiempo, cruza a Tijuana (México), verás qué choque cultural tan interesante...».

Intento retener la máxima información posible. Tengo un par de semanitas para hacer turismo antes de empezar a trabajar y quiero aprovecharlas para conocer la ciudad. Cuando parece que hemos terminado, imprime otra hoja. Parece una noticia, dice: «La estatua del beso es una de las atracciones turísticas más visitadas en San Diego». No me lo puedo creer: es la foto del marinero y la enfermera. Sigo leyendo: «Esta obra de 25 pies de altura es una réplica de la galardonada fotografía de Alfred Eisenstaedt tomada en 1945 en Times Square (Nueva York) segundos después de que se anunciara el fin de la Segunda Guerra Mundial. Se encuentra en el USS Midway Museum, en el céntrico paseo a la orilla del mar de San Diego».

Me quedo blanco. No sabía de la existencia de esa estatua y mucho menos que estuviera en San Diego. Tiene que ser casualidad. Esa foto, nada más y nada menos. Nada más y nada menos que el fondo de pantalla de Rey desde que la conozco.

—Disculpa, tengo que irme. Gracias por todo. —Me levanto como si acabara de tener una revelación.

37

La última vez

Los minutos pasan lentos, como una galería de meses. Miro el reloj y enciendo el horno para que se vaya calentando. Biel tiene que estar al caer. No estoy orgullosa de cómo me ha quedado la masa de la *pizza*, demasiado finita, pero la combinación de ingredientes lo compensa. He optado por hacer una trufada con setas y otra cinco quesos. Mi relación con el roquefort ha ido en picado durante las últimas semanas, pues me sigue gustando, pero no soporto su olor. El olor a la pérdida del año: Biel acompaña casi cualquier cosa que come con queso roquefort.

Llevo puesto un vestido de punto negro ajustado con un polar abierto encima. Voy muy de estar por casa, pero seductora. Me observo de perfil en el espejo del baño, ya se advierte una pequeña curva. Estoy deseando ir por ahí marcando tripita. Estiro la espalda y me esfuerzo por sonreír. No dejaré que me encoja la tristeza. ¿Será hoy la última vez que nos veamos antes de que nazca la criatura? La incertidumbre es mi compañera detrás del espejo. Me he propuesto intentar disfrutar del momento sin pensar en todo lo que está pasando por última vez. Salgo al balcón a fumarme un cigarro mientras se calienta el horno. Cada vez que enciendo uno, pienso que será el último. Que debería ser el último. En el fondo tampoco estoy tan triste. Creo que lo exagero para tener material sobre el que escribir. Ya lo decía Pessoa: *El poeta es un fingidor. / Finge tan completamente / que hasta finge que es dolor / el dolor que de veras siente.*

Quiero que sea ya mañana. Saber que se ha ido. Que ya no puedo correr a buscarlo. Que ya no está. Salir a pasear tranquilamente por el barrio sin pensar en que puedo encontrármelo en cualquier momento. El peor punto es este: saber que apenas me quedan unas horas para disfrutar con él. Me sorprende lo tranquila que me hallo, aunque lo achaco a la sensación de no tener nada que perder. Que ya no importa. No importa cuánto se alargue la conversación ni lo que le diga, porque mañana partirá y todo esto —ella y yo, nosotros— será pasado. Él empezará una nueva vida allí, y quién sabe si volverá de aquí a tres años.

«Salgo ya de casa», me escribe. Un escalofrío me traiciona. Recobro la compostura. He tenido que tomar la decisión de si quiero acostarme con él y probar el sabor de las últimas veces. Total, de perdidos, al río. Pero, después de mucho sopesar, he decidido que lo mejor es no echar más leña al fuego, no hacerme más daño.

Meto las *pizzas* en el horno y vuelvo a mirarme en el espejo. Me doy el visto bueno. Hago varias respiraciones consecutivas devolviéndome a la calma. Tras la última, aprieto los ojos con fuerza y los vuelvo a abrir. Están llamando al timbre. Estoy preparada para lo que venga.

—Me puedo quedar hasta las doce. Más tarde, mi madre empezará a llamarme diciendo que si no duermo lo suficiente, no me voy a poder levantar, y paso. —Biel me acerca la mejilla para que le dé un beso. Tiene la mirada aterciopelada, le tiemblan las manos de frío. Lo miro extrañada por las explicaciones que no le he pedido, y antes de que pueda decir algo, sigue—: Te juro que he intentado venir antes, pero me ha surgido un imprevisto de última hora. Llevaba toda la semana haciendo malabares para que la maleta pesara solo veinticinco kilos, y resulta que cuando voy a hacer el *check in*, pone que solo se pueden facturar veintitrés. Total, me ha tocado volver a sacarlo todo y elegir qué dejar aquí. Me entran ganas irme con una mano delante y otra detrás y ¡a tomar por culo el equipaje! —Lo intuyo nervioso; cuando lo está, se muestra así de delicado y frágil.

—No te preocupes, tenemos noche por delante, la cena ya está hecha. Abro la puerta del horno y dejo que salga el calor.

—Por cierto, te he traído esto. —Saca de la mochila una bolsa de El Corte Inglés. No, por favor.

Tiene que haber una camarita grabando, no puede ser verdad. ¿Por qué tiene que cagarla hasta el último día?

—Gracias. —Me limito a decir. Abro la bolsa, rompo el papel de regalo y confirmo lo que me temía: un regalo para el bebé. Una mochila de porteo. Una puta mochila de porteo—. Es bonita. —Sonrío, por no llorar, la dejo sobre una silla del comedor, y entro en la cocina a sacar las *pizzas*.

—¿Te gusta? Me la ha recomendado la dependienta. Es ergonómica, se adapta a tu cuerpo y aguanta hasta quince kilos de peso.

—He dicho que es bonita. Siéntate, por favor, que se enfría la cena —le pido señalando la primera *pizza*, de la que sale un tsunami de humo.

Dejo a un lado lo que acabo de suceder y le pregunto por los *karts*. Me narra una anécdota que le arranca una sonrisa. Se nota que se lo han pasado bien de verdad. Sus hermanos ya son casi adolescentes. Recuerdo cuando los conocí, eran unos niños, y ahora son los tres igual de altos. Me consta que ellos también lo echarán de menos.

—¿Te puedo hacer una pregunta? ¿Por qué tienes la casa llena de velas?

—Últimamente hablo mucho con mi padre —respondo casi sin pensar.

—¿Con tu padre? Pero si está...

—¿Nunca te he contado lo del diario?

—No...

—Mi padre me regaló un diario cuando se fue a trabajar a Panamá, ¿te acuerdas? Como, por el cambio horario, no podíamos hablar con la misma frecuencia, me dijo que todo lo que quisiera contarle lo apuntara ahí, y así estaríamos siempre conectados.

—¡¡Me acuerdo de eso!!

—Poco después falleció, pero la costumbre del diario se quedó conmigo.

—¡Qué bonito! Me encanta la idea. Ojalá, si alguna vez tengo un hijo, me recuerde de esa manera.

—Otra vez el dedo en la llaga.

—Cuando digo que hablo mucho con él es que escribo mucho. Le cuento mis cosas, me ampara desde donde esté...

—Tu padre siempre fue un excelente guardador de secretos —asegura.

—¿Cómo lo sabes?

—¡Jaja! Creí que no te contaría esto nunca. Verás, una vez estuve a punto de pedirte salir.

—¿De pedirme salir a mí? ¿La vez de mi fiesta de cumpleaños?

—No, mucho antes. A los pocos meses de conocerte, cuando me llevaste por primera vez a comer el arroz de tu padre.

—Hala, ¿y eso por qué?

—Me invitaste en calidad de amigo. Te metiste en la cama nada más comer porque te dolía la tripa. Tu padre y yo nos quedamos hablando entre martinis. Me dijo que sabía lo que había entre nosotros, que no teníais secretos. Le acabé confesando que su hija me volvía loco. Me dijo que tenía su aprobación. Con la emoción del momento, fui a tu habitación a pedirte salir, pero al entrar me miraste con una cara de angustia tremenda porque el dolor de la regla te estaba pasando factura. Decidí dejarlo para otro momento, que, al final, fue nunca. Pero tu padre lo sabía y me lo recordaba cada vez que lo veía.

—Qué curioso, nunca me lo dijo.

—Lo que yo te diga: sabía guardar secretos.

Transcurre la noche como una velada normal de una noche cualquiera. Armoniosa, sin altibajos. Sin entrar en profundidades ni caer en banalidades. Me siento tan cómoda teniéndolo enfrente que por momentos se me olvida que se va. Me cuesta tanto creer que la misma persona que fabrica la miel esconde el veneno... Soy consciente de que no le queda otra opción que hacerme sentir bien y regalarme sus últimos momentos aquí. Sabe que es inútil decirme que me va a echar de menos porque es él quien ha decidido irse; ofrecerme ayuda económica, pues me parecería un insulto; pedir perdón, pues no hay arrepentimiento sobre la mesa.

La alarma suena y eso significa que ya son las doce y que el tiempo ha pasado volando. Lo acompaño a la puerta y un abrazo apresurado me camufla.

—Que te vaya muy bien y seas muy feliz —le digo con los ojos vidriosos, y esta vez se lo digo de verdad.

—Gracias por todo, Rey. No me puedo creer lo rápido que ha pasado el tiempo. Quería que hubiéramos hablado de algunas cosas...

—No te preocupes —le corto—. Es mejor así. —Y otro abrazo apresurado mejora cualquier posible respuesta.

Llamo al ascensor, está aquí. Le guiño un ojo mientras se cierra la puerta y siento más alegría que pena. Lo hemos pasado muy bien. Olga tenía razón, esta despedida era necesaria. Doy varias vueltas en la cama hasta que el agotamiento acumulado me deja exhausta. «Tendría que haberlo besado» son las últimas palabras que resuenan en el cuarto oscuro de mi cabeza.

38

Correspondencia poética

Toda la magia de la vida se concentra en el instante en que dos personas, sin importar el lugar o el contexto, se piensan a la vez. Un cruce casual cuya fuerza no podemos alcanzar a medir, tan efímera y trascendente como un vuelco al corazón. Ese intercambio en el que todo puede suceder.

Todos conocemos el impacto aproximado de ese momento, ese intercambio energético en el que todo puede suceder. Es cuestión de un segundo: un microsegundo capaz de volar por los aires los que vengan a continuación. Tan baja es la probabilidad de que ocurra, y tan intenso su poder de actuación...

¿Cuántas veces apoyé la cabeza en la ventanilla del autobús mientras el paso de la naturaleza por las vitrinas de mis ojos me devolvía al único deseo de encontrarnos allí, en ese pensamiento fugaz e insignificante? ¿Cuántas veces, para acabar con el dolor que arrastra la nostalgia, me aferré al clavo ardiente de que seguíamos observando la misma luna?

La reciprocidad es el producto estrella del sentimiento, la inteligencia artificial del pensamiento. No puedo escribir sobre esto sin sentir un poco de miedo. Porque la magia da miedo. Yo lo sé.

En la verosimilitud del sueño hecho realidad, se esconde el vértigo. El vértigo de que quizá aquello que estoy pensando esté, sospechosamente, pensado para mí.

Dicen que la fortuna de atravesar un pensamiento correspondido es tan poderosa que se asemeja al deslumbramiento ocasionado por un eclipse, o a la causalidad de que una estrella fugaz, en su paso por el cielo, se cruce con una mirada.

Me sorprende pensar que puede ser ese microsegundo el que nos haga estar hoy aquí. Me sorprende ser capaz de pasar por el aro sin tocarlo. Me sorprende que algo que sucede de forma tan esporádica pueda ocurrirnos hoy, así.

39

Escala

Eso de ser fuerte cuando el cuerpo te pide algo es pan para hoy y hambre para mañana. La cena de ayer me dejó muy buen sabor de boca, pero no me lo voy a negar: me he quedado con muchas ganas de darle un beso. Me he despertado varias veces durante la noche, y el reloj marcaba las cuatro, las cinco y media... A las siete me he rendido, me he puesto un chándal y he pedido un taxi. Voy de camino a despedirlo al aeropuerto, no pienso quedarme con las ganas de ese beso.

A los quince minutos, estoy en el aeropuerto tiritando de frío. Me froto las manos sin éxito, en ellas hace tiempo que es invierno. Tendría que haber cogido una chaqueta, pero he salido volando de casa para llegar antes que él. Subo al primer piso donde están las salidas, camino hasta el control de seguridad y veo que justo delante hay una cafetería. ¡Menos mal! El cuerpo me pide a gritos un café. Compro también algo dulce para no desmayarme, y me siento a la mesa que está justo frente al control, para verlo llegar. Si mis cálculos no fallan, debería estar aquí sobre las ocho.

Desayuno tranquilamente, mojando el cruasán relleno de pistacho en el café y viendo cómo la crema, ahora caliente, se deshace en mi boca congelada. No está tan mal el desayuno del aeropuerto, sobre todo cuando tienes hambre. O cuando el embarazo se encarga de intensificar el sabor del dulce.

Cuando he llegado, no había nadie. Y ahora se acaba de formar una cola larguísima de la nada. Miro el reloj: las ocho y veinte. Se me hace raro que llegue tan justito teniendo que facturar y todo. ¿Dónde ha quedado su puntualidad? Espero que no se haya quedado dormido.

Me pongo al día con el correo electrónico para hacer tiempo. Están organizando ya la Feria del Libro de Valencia y me proponen hacer una presentación en una de las salas de la Organización. Agradezco la propuesta, pero yo prefiero firmar en una caseta. Disfruto más del tú a tú.

Vuelvo a mirar la hora. No pensaba avisar en el trabajo, pues hoy entro a las diez, pero, visto lo visto, y siendo previsora, le mando un correo a mi jefa avisándole de que es posible que me retrase.

Son menos cuarto y Biel sigue sin aparecer. Estoy tentada a escribirle un mensaje solo para constatar que está despierto, pero eso sería fastidiar la sorpresa. Me muerdo las uñas y espero. Estoy tentada a salir a fumar, pero tengo miedo de que nos crucemos sin vernos. Además, tengo los dedos como estalagmitas y eso que estoy dentro. No me quiero imaginar el frío que ha de hacer fuera. Pasan los minutos y Biel no aparece.

Me levanto a por un zumo de naranja y me cobran un ojo de la cara. Estaba tan nerviosa que no he mirado el precio. De repente se oye por el megáfono: «Última llamada para pasajeros con destino a Madrid. En veinte minutos se cierra la puerta de embarque». Desbloqueo el móvil. Son las nueve pasadas. Finalmente lo llamo:

—Biel, ¿dónde estás? Vas a llegar tarde. —Le hablo como si fuera su madre.

—¿Dónde estás tú? —replica—. Llevo una hora en la puerta de tu casa.

—¿Cómo? Yo estoy en el aeropuerto. ¿Puedes hacer el favor de venir corriendo? ¡Vas a perder el avión!

—No voy a cogerlo, Rey.

—¡Qué dices!

—Lo que oyes, que no voy a cogerlo.

—Si no lo coges, llegarás tarde a Madrid y perderás la escala.

—No me has entendido, Rey. Que no me voy a ninguna parte. Me quedo.

40

Tierra firme

Las placas tectónicas parecen estar dispuestas por arte de magia, pero no es así. Para llegar adonde están, tienen que moverse, tienen que existir movimientos sísmicos para que se hayan recolocado tal como hoy las conocemos.

El movimiento de las placas no se da de manera uniforme, hay zonas donde es muy lento, del orden de una centésima de milímetro al año, y otras en las cuales supera los más de diez centímetros. De igual forma, existen segmentos de la corteza que chocan entre sí y otros en los que no existe ningún contacto.

Se mueven a velocidades diferentes, generalmente lentas pero constantes, de modo tal que resultan imperceptibles, excepto cuando colisionan: entonces percibimos las ondas sísmicas del impacto.

Dichos movimientos se deben a factores que aún no están demasiado claros, pero que podrían tener que ver con la rotación terrestre, con el desplazamiento del magma cálido hacia arriba y el frío hacia el fondo, o incluso con las diferencias en las fuerzas gravitacionales y de densidad de la corteza planetaria.

¿Sabías que las olas del mar son provocadas por los movimientos de las placas? Aunque el viento es un elemento muy importante en el comportamiento del océano, cuando nos encontramos ante la orilla del mar, las olas que recibimos con más o menos fuerza existen por el movimiento de las placas.

Consideramos *sismos* a los temblores o terremotos que se presentan con movimientos vibratorios rápidos y violentos de la superficie terrestre, provocados por perturbaciones en el interior de la Tierra (choque de placas tectónicas)

Nuestra cordillera no se había formado de la noche a la mañana. Era un trabajo de años; un trabajo lento y ralentizado, casi invisible, el resultado energético de un amor de gran voltaje.

En la cocina hace calor. La casa ha empezado a llenarse de sus cosas sin alterar su orden. Como si siempre hubieran estado ahí. La incertidumbre se ha esfumado por la ventana y ahora el suelo parece ser tierra firme. Estas placas no hay océano que las separe. Se está vistiendo en la que ahora es nuestra habitación. Lo veo a través de un huequito entre el marco y la muerta, el huequito por el que se cuela la felicidad. Como quien se asoma por el resquicio de una puerta a una nueva vida.

No sabemos si este será el hogar que nuestro hijo se merece, pero no es el momento de buscar uno nuevo. De momento, nos quedaremos en este pisito hasta que la criatura nazca y encontremos algo mejor.

Sale de la habitación. Lleva una camisa azul y blanca a rayas, y unos chinos de color beis. Bajamos en el ascensor sin vértigo ninguno, paseamos de la mano sin vergüenza y nos besamos sin moderación.

Pasamos por la puerta de una librería. Vamos a entrar a comprar los primeros cuentos infantiles. Piso el cigarro. Es el último.

41

Políticamente incorrecta

Nunca he querido formar una familia. Hay una razón, y es que dicho término siempre me ha suscitado un respeto y un rechazo incuestionables. No sé si por todas las connotaciones negativas que ha tenido para mí, o por las denotaciones positivas que suponía para el resto.

Por culpa de esa palabra, he tachado de mi talante otros vocablos que —por decisiones prolongadas entre generaciones— han ido ligados a ella a lo largo de mi vida: reuniones, compromisos, obligaciones, rencor, venganza, herencia, poder. El lugar donde todo vale, la hermandad que todo lo excusa, el colectivo que la paz engulle.

Nunca he tenido una «familia», sino relaciones individuales con las personas con las que comparto mi sangre. Tan individuales que, si esas personas no se conocieran entre ellas, nada cambiaría. Tampoco he sido nunca partidaria de los grupos, siempre defendí el tú-a-tú.

Paradójicamente, he construido una familia allá donde he pasado tiempo, entendiendo por familia «núcleos de amigos con intereses comunes», donde el apoyo prevalece y el prejuicio se queda fuera.

Un trato especial y un derecho exclusivo que priman frente al resto y no entienden de raíces.

He pensado en tener hijos. Y que esos hijos fueran fruto del amor, y convivir bajo el mismo techo todos juntos, siempre y cuando la vida nos lo permitiera.

Todo el mundo piensa alguna vez en tener hijos; quizá porque uno no sabe lo que significa tener hijos hasta que los tiene.

¿Qué es una familia sino un montón de relaciones personales interconectadas?

Puede que por eso la idea de formar una nunca estuviese entre mis planes. Porque, lejos de dar por hecho, elijo la garantía de tener que ganarme cada día la incondicionalidad de los miembros que la componen: la vida, la mía.

A veces, para creer en algo, solo hay que cambiarle el nombre.

42

Justicia poética

La naturaleza es sabia. El cuerpo adivina lo que está por suceder. Hay días en los que uno se levanta sabiendo que algo bueno va a ocurrir. Camina levitando, esperando la llamada o la señal. Y otros en los que el dolor de estómago presagia algo desagradable.

Hemos hecho algún pequeño cambio en casa preparándonos para lo que está por llegar. La casa ha empezado a llenarse de *infantilidades*. Muchas de ellas, regalos de nuestros seres más queridos. Anoche nos quedamos hasta tarde montando la que será la primera cuna de... ¿Abril?

Como somos conscientes de lo que se nos viene encima, especialmente a mí, hemos empezado lo antes posible con los preparativos para su llegada; no queremos que nos pille el toro. La verdad es que nuestras familias están siendo muy generosas: mi madre me ha comprado el carrito y sus padres nos han regalado la sillita para el coche. Dani, el amigo de Biel, está ejerciendo de pintor. Para decorar la habitación, al no saber todavía si se trata de niña o niño, nos hemos decantado por el verde pistacho. Por fin la casa tiene otra luz. La vida también.

Hoy es uno de esos días que se presumen especiales. Tenemos la ecografía de las doce semanas, la 3D. Nos han citado a las nueve en el Hospital La Salud. Es una de las ecografías más importantes, pues se descarta la posibilidad de alteraciones cromosómicas, tales como el síndrome de Down; se estudia el tamaño de la cabeza, la translucidez del cerebro, la existencia de las cuatro extremidades, pueden detectarse algunas malformaciones..., y tantas otras cosas.

Tengo mucha intriga sobre cómo me la harán, pues se puede realizar ya de forma vaginal o abdominal. Nos van a dar una fecha provisional de nacimiento, según el crecimiento. No quiero hacerme ilusiones, pero es posible que salgamos sabiendo el sexo del bebé, conozco casos. Si es niña, está claro que se llamará Abril. Si es niño, dejaré que Biel sea quien decida el nombre. Sabe que a mí me gustaría Jorge, como mi padre. De todas formas, algo dentro de mí me dice que lo que llevo dentro es una niña. Sea lo que sea, será bienvenido.

Es la primera ecografía a la que asistimos los dos. Estoy tan emocionada que ayer me fui de compras con Clara. Es increíble el control que tiene sobre tiendas y tallas de ropa premamá. Qué gusto da tener una amiga experta. Quería sorprender hoy a Biel estrenando mi primer vestido de embarazada. Es de lana gris. De lana finita. Con unas medias debajo que me romperá en cuanto volvamos a casa.

Es el primer día que me siento afortunada de que me haya tocado vivir esta situación. Es cierto eso de que las mejores decisiones son las que más cuestan de tomar. No siempre estamos preparados para los giros de trama que la vida describe.

Una pequeñísima parte de mí, que no pienso compartir con nadie, ni siquiera con mi madre, todavía tiene dudas. Aún no sé si la vida que estoy eligiendo es la que quiero. Siempre me había imaginado viviendo sola, sin dar explicaciones a nadie, viajando por el mundo sin billete de vuelta... La vida en familia me llama, me merezco experimentarla, pero no sé si implica renunciar a quién soy.

La ginecóloga me tiende la bata azul y asumo que saldré del baño helada. Efectivamente: es pisar ese suelo con los pies descalzos y sentir el frío entrando por el hueco que la bata deja en la espalda que mi seguridad se congela. Me entran todos los miedos. ¿Estará hecho adrede?

Me acomodo en la camilla y me pide que baje un poco más para comenzar la inspección. Empieza a indagar. Le recalco que nos encantaría conocer hoy el sexo del bebé. Dice que es pronto, pero que lo intentará. Sonríe. Nos pregunta por nuestras preferencias. Le cuento que a él le da igual, y que yo prefiero chica. Que ya tengo pensado el nombre.

Ella mira el monitor con cara extraña, parece que todavía no se distingue bien. Se intuye nerviosa. Nos dice que se ausenta unos segundos, que está dando fallo el aparato.

Al cabo de un minuto, vuelve acompañada de dos médicos más. Los oigo murmurar. Se contradicen los unos a los otros. Entran en la consulta los tres a la vez, precipitados. Se acercan al ecógrafo. Giran la ruedecita hacia la derecha. Tocan algunos botones. Giran hacia el otro lado. Están inquietos. Se miran entre ellos. Puedo leer el desasosiego en sus ojos.

—Tenemos una mala noticia. No hay latido.

Sus palabras me suben por los oídos y me encogen el pecho. Se me corta el aire. Paso por todos los estados. El desconsuelo. La pena. La rabia. La impotencia. También el alivio.

Y al final, la culpa.

Me llevo las manos a la cabeza. He sido yo. No quería que naciera. Tantas veces me dije que me fastidiaría la vida que lo he matado. De manera refleja, me acerco las manos a la nariz. Apestan a sangre.

He sido yo, yo lo he matado.

«Cuidado con lo que deseas», me dijo una vez alguien. Y pasó lo que en algún momento deseé que pasara. Justicia poética.